ラルーナ文庫

恋獄の枷

—オメガは愛蜜に濡れて—

柚月 美慧

三交社

CONTENTS

Illustration

緒田 涼歌

恋獄の枷
―オメガは愛蜜に濡れて―

本作品はフィクションです。
実際の人物・団体・事件などにはいっさい関係ありません。

それは春風に乗ってやってきた。

運命の香り。

離ればなれになった半身と、今世で出会えた瞬間。

どうしようもない恋しさ、愛《いと》しさ、懐かしさ。

――やっとあなたに会えた。

思慕に心が震えた。

十二歳だった柊木瑠佳《ひいらぎるか》は音もなく泣いた。

意志とは関係なく涙が溢《あふ》れて仕方ない。

「何……これ？」

戸惑う瑠佳の頬《ほお》を、彼は親指で拭《ぬぐ》ってくれた。

静かに自分を見下ろす男――三峯隼人《みつみねはやと》と出会った瞬間を、今でも忘れることができない。

【1】嫌いな男

ヒヨドリの鳴き声が聞こえる。

白樫《しらかし》にはぷっくりとした実がなり、もう少し秋が深まれば茶色く色づくだろう。小さい頃は宝物のようにどんぐりを集めたものだ。

舗装された小道の沿道には銀杏《いちょう》が植えられ、黄色に染まった葉が日差しを受けて輝いている。

手入れされた芝は青く、花壇にはサザンカやサフラン、シオンが咲き、夏に比べれば色味が落ちついた庭に彩りを添えていた。

都心であることを忘れさせる緑豊かな岸田《きしだ》邸は、さながら国立公園のようだ。

シンプルな外観の屋敷は、昭和初期に建てられた物にしては珍しい、鉄筋コンクリート製だ。内装は著名なフランス人建築家が手がけ、当時流行したアール・デコ様式の装飾が至るところに施されている。

紅茶とクッキーを載せたカートを押し、二十二歳になった瑠佳は窓の外を眺めた。

今日もいい天気だ。

青い空には雲一つなく、先ほど鳴いていたヒヨドリが飛んでいく。

長い廊下を歩いて応接室へ向かうと、襟を正すように赤い首輪に触れた。蔓《つる》バラが彫られた扉をノックする。

「お茶をお持ちいたしました」

一礼して中に入ると、主《あるじ》である岸田秋廣《あきひろ》が迎えてくれた。

「ありがとう。テーブルに置いてくれるかい」

「かしこまりました」

対面するソファーに座り、黒いスーツの男と話している秋廣は笑顔だ。

白いシャツにグレーのスラックスを穿《は》いた秋廣は、すっと背筋を伸ばし、指の動き一つとっても優雅だ。さすが華族の血を引く岸田家の次期当主。品位が違う。

主の柔らかな物腰に見惚《みと》れながら、静かにお茶の準備をした。

ソーサーにカップを置き、金色の液体を注ぐ。

今日の紅茶は、英国の老舗《しにせ》紅茶店のロイヤルブレンドだ。まろやかな口当たりにコクのある香りが特徴で、ミルクとよく合う。

秋廣の好みを熟知しているので、角砂糖を二つ入れてたっぷりとミルクを注いだ。

しかし客人は、

「ミルクも砂糖もいらない」

視線が少しぶつかっただけなのに、瑠佳の心を読んだかのように言った。

何も答えずに俯《うつむ》くと、客人の前に紅茶を置く。

返事もしないなんて失礼だとわかっている。

客人に対してなんと無礼だろう。

けれども瑠佳は、男と口を利く気にはなれなかった。

「相変わらず三峯が嫌いかい？」

困ったように秋廣に笑われ、露骨すぎた自分の態度を恥じる。

「別に構わないさ。今に始まったことじゃない」

三峯にも笑われ、かぁっと頬が熱くなった。

これじゃあまるで、人見知りを引き摺《ず》っている子どもじゃないか。……十歳も年上の彼らからすれば、自分はまだ子どもかもしれないが。

カチャッと音を立て、カップを口元へ運ぶ三峯を見た。

因縁浅からぬ男。

自分がこの世で一番嫌いな人間。

腰がある黒髪を整髪料で後ろへ流し、鋭角的な横顔を晒《さら》している彼は、きっと美形の部類に入るだろう。見る者を惹《ひ》きつける男性的な魅力がある。

太くてきりりとした眉《まゆ》に、意志の強そうな二重の目。鼻は高く、肉感的な唇は野性味を感じさせる。身体《からだ》も鍛えているのか逞《たくま》しく、一八〇センチある秋廣より数センチ背が高い。

秋廣の幼馴染《おさななじ》みだということの男は、アルファなだけあって内面のみならず、外見も優れているということか。

心の中に嫉妬《しっと》という醜い感情が生まれる。

オメガである瑠佳は、一六〇センチと小柄な体型に、コンプレックスを抱いているというのに。


この世には、自分で選べないものが三つある。

両親、血液型、そして性別。

人口衰退を回避するため進化したといわれるが、太古の男女性を残したまま、人類はバース性といわれる三つの性に分かれた。

それがアルファ、ベータ、オメガだ。

バース性はさらに男性と女性に分かれ、生殖機能も大きく変化した。

男性はみな直腸の奥に子宮を持ち、妊娠や出産が可能となった。

女性もヒートという興奮状態に入ると、クリトリスがペニス状に勃起《ぼっき》し、射精が可能となる。

このことにより、人類は人口衰退という危機から脱することができたが、遺伝子の特異性から、バース性は社会階級制度を作り上げた。

最上位に位置するのは『アルファ』だ。

知能指数も高く、運動能力にも優れ、強いカリスマ性を持つアルファは、全人口の二十パーセントしかいない。しかもスポーツ選手や会社経営者、有名投資家や政治家に多く、世界を動かしているのはアルファだといっても過言ではない。

『ベータ』は俗にいう普通の人。

努力次第ではアルファと肩を並べて活躍することもできるが、大多数はアルファに雇用されて一生を終える。

最下位は『オメガ』。

全体の十パーセントと人口が一番少なく、小柄で中性的な容姿をした人が多い。

知能指数も運動能力もベータとなんら変わらないが、オメガだけアルファを惹きつけて、ヒートさせる性フェロモン……オメガフェロモンを発する。

そのためヒートしたアルファに無理やり番《つがい》にされないよう、瑠佳のように護身用の首輪をつけている者も多い。

発情期は月に一度一週間程度やってきて、期間中はアルファを不用意に惹きつけないよう、性フェロモンを抑制する発情期抑制剤を服用する。

社会的地位が低くなってしまった理由は、発情期抑制剤が開発される数十年前まで、オメガはアルファを惹きつける淫魔《いんま》という差別意識があり、オメガは家庭に入り、番となったアルファの子どもを産んで育てることに専念させられた。

百パーセントアルファの子どもが生まれるのは、アルファとオメガの番だけだからだ。

番となるためには、オメガの首筋をアルファが噛《か》む必要がある。

また番になると、オメガはパートナーであるアルファだけを惹きつける性フェロモンを発し、アルファはパートナーであるオメガの性フェロモンのみに欲情する。

昨今は発情期抑制剤の開発も進み、効きも良くなったことから、オメガの社会進出も増え、人権回復運動も盛んだ。

しかし実際は職に就けるオメガは少なく、瑠佳のように大学も出ていないオメガは、ほとんど就職できない。

自宅が全焼し、唯一の家族だった父親も亡くなった瑠佳は、バイトをかけ持ちして糊口《ここう》を凌《しの》ぐつもりでいた。

そんな自分が使用人としてここで働けているのは、秋廣の優しさのおかげだ。

「とっても美味《おい》しそうだね。瑠佳は紅茶を淹《い》れるのが本当に上手だ。このガレット・ブルトンヌも瑠佳が焼いたのかい？」

「はい。お口に合えばいいのですが」

秋廣の前に紅茶を、テーブルの中央にクッキーの載った皿を置く。

瑠佳は料理を作るのが得意だ。岸田邸の近くで、小さな洋食店を営んでいた父親の血かもしれない。高校在学中に調理師免許を取り、将来は父親の店を継ぐつもりでいた。

それなのに、あんなことが起きるなんて。

「うん、美味《うま》いな」

クッキーを食べた三峯が、小膝《こひざ》を打つ。

嫌いな男に褒められて、どんな反応をすればいいのかわからない。

むっすりと黙り込んでいると、秋廣が小さく吹き出した。

「瑠佳。こういう時は『ありがとうございます』って笑っておけばいいんだよ」

恩人である秋廣の言葉は絶対だ。

「……ありがとう、ございます」

なんとか従ったものの、笑顔を浮かべることはできなかった。

＊＊＊

一日の業務を終えて、瑠佳は屋敷の地下にある自室へ戻った。

使用人の部屋はみな地下にある。とはいえ半地下の造りなので上部に窓があり、決して息苦しい部屋ではない。

ベッドに腰かけて読みかけの本を開いた時だ。

サイドテーブルに置いてあった内線電話が鳴り、秋廣に呼び出される。

パジャマの上からナイトガウンを羽織って、スリッパのまま部屋へ向かった。業務時間外なので、ラフな格好でも許されるのだ。

屋敷の南側。温かな日差しが一番入る場所に秋廣の寝室はあった。

彼の祖父も父親も敷地内には住んでいるが、それぞれ好みの邸宅を建てて住まいを移しているので、本宅の主寝室は秋廣のものだ。

「失礼いたします」

ノックしてドアを開けると、ベッドに入り上半身を起こした主が微笑《ほほえ》んでいた。

直接照明を落とし、シェード越しに柔らかな光を零《こぼ》すスタンドライトに照らされた彼は、昼間の印象と違い艶《あで》やかだ。

白い肌に、手足の長い体軀《たいく》。すっと整った鼻筋に、睫毛《まつげ》の長い涼やかな目元。日に透けると茶色い髪は柔らかく、骨張った指先すら繊細で美しい。優雅な物腰は穏やかな彼の内面を表しているようで、いつも瑠佳に安心感を与えた。少々神経質なところもあるが、こんなに美しくて尊い人物を他に知らない。

「こんな時間に呼び出してすまなかったね」

静かに響くテノールボイスが心地いい。

「いいえ」

業務時間外に呼び出されることはままあるが、用事を言いつけられることは少なかった。

「こっちへおいで、瑠佳」

「はい」

笑み一つで呼び寄せると、隣に座らせた。

形の良いまあるい頭を一撫《ひとな》ですると、色素の薄い真っ直《す》ぐな髪を弄《もてあそ》び、幼さが残る頬をゆっくりと辿《たど》る。桜色の唇を指で摩《さす》って感触を確かめた後、満足そうに秋廣は微笑んだ。

「本当に可愛《かわい》いね、お前は……」

「そんな……」

ストレートな讃辞に顔が熱くなる。

視線を泳がせると頬に口づけられた。

深く抱き込まれて、肺の中が彼の香りに満たされていく。

「秋廣様……」

そろそろっと抱き返すと、さらに腕に力が込められた。

「愛しい瑠佳。僕の天使。いつかお前にふさわしい男になるから、それまで待っていておくれ」

「はい……」

秋廣はすでに立派な人間だと思う。

アルファの彼は、すべてにおいて優れている。

代々続く岸田家の次期当主で、名門私立校を初等部から大学院まで優秀な成績で卒業し、現在は物流から次世代エネルギーの開発まで担う、大手複合商社岸田商事の副社長だ。

毎日どんなに忙しくても苛立《いらだ》った表情一つ見せず、使用人に優しく接する人格者で、皆から慕われて人望も厚い。

甘い物が大好きで辛い物が苦手という部分は、人間臭さがあって好感が持てるし、サプライズでプレゼントを用意しては、瑠佳を驚かせる無邪気な一面も持ち合わせている。この護身用の赤い首輪も、秋廣からプレゼントされたものだ。

しなやかで強靭《きょうじん》なカーボンナノファイバーと、本革より生活に適した高通気性合皮で作られた特注品で、小さな鍵《かぎ》でバックル部分を施錠するタイプだ。

『ルフュージュ』といわれるオメガ保護施設を出所した際、祝いの品として贈られた。

「瑠佳、瑠佳……。愛しい瑠佳」

ゆっくりとベッドに押し倒され、真上から見つめられる。

慈愛に満ちた眼差《まなざ》しに、吸い込まれそうになった。

「互いが結ばれる日まで、純潔を守っておくれ。瑠佳」

「わかっています。秋廣様」

何度も何度も言い聞かされた言葉。

瑠佳にとっては神聖な誓い。

世の中には発情期の性衝動が抑えられず、見ず知らずの相手に身体を許してしまうオメガもいるそうだが、瑠佳には信じられなかった。

自分は彼らとは違う。

大切な秋廣のために、いつか結ばれるその日まで純潔を守ってみせる。

固い決意とともに頷《うなず》くと、安心したように秋廣が目を細めた。

首筋に柔らかな唇が押し当てられる。カチリと首輪が小さな音を立てた。

くすぐったくて、恥ずかしい。

もう一度真上から見下ろされて微笑み合う。

彼とこんな関係になったのはいつからだろう?

気がついたら秋廣は自分のことを好きだと言い、将来を誓ってほしいと請われた。

彼を尊敬していた瑠佳は、「はい」と答えた。

互いの温《ぬく》もりを感じ合うささやかな触れ合いを終え、自分の部屋に戻る。

心の奥がまだ温かい。秋廣に抱き締められているようだ。

電気を消してベッドに入った。

今夜もいい夢が見られそうだ。


秋廣と出会ったのは、瑠佳が八歳の時だった。

母親が病で亡くなったばかりで、父親は店の切り盛りに忙しく、寂しかった瑠佳は賑《にぎ》やかな街にいることを好んだ。

日も暮れかけ、腹がぐぅっと鳴る。

春先とはいえ夕方になると寒い。ふと顔を上げるとケーキ屋のショーウィンドーの前で、空腹に拍車をかけた。

「お腹空《す》いたなぁ」

家に帰れば父親が夕飯を作ってくれるが、この日はどうしても自宅に足が向かなかった。テレビと向き合い、一人で食事する気になれなかったのだ。

「こんなところでどうしたの？」

背後から突然声をかけられて、驚いて振り返った。

詰め襟の制服を着た端整な人が、とても綺麗《きれい》な瞳《ひとみ》で見つめている。

「あ、あの……」

赤面し、視線が泳いだ。もしかしたら家に帰れと注意されるかもしれない。こんな時間に小学生が一人でフラフラしていいはずがない。

自分の行動の後ろめたさにドキドキしていると、青年は微笑んだ。腰を折って一緒にショーウィンドーを覗《のぞ》き込む。

「美味しそうなケーキだね。君は何が好き？」

「えーっと……苺《いちご》のショートケーキ」

「いいね。僕も大好きだ」

躊躇《ためら》うことなく店に入っていくと、青年は店員と言葉を交わし、苺のショートケーキが詰められた箱を手に戻ってきた。

「はい、プレゼント」

「プレ……ゼント？」

箱を手渡されてぽかんとしていると、青年は楽しそうに笑った。

「僕と君が出会った記念日だからね。お祝いだよ」

「でも、知らない人から物をもらっちゃいけないって……」

父親に厳しく言われていると伝えると、彼は瑠佳の頭を撫でた。

「じゃあ、今日から僕と君は友達だ。僕の名前は秋廣。君の名前は？」

「瑠佳」

「瑠佳か。素敵な名前だね。今度僕の家に遊びにおいで。歓迎するよ」

秋廣と名乗った青年は、一際高い壁にこんもりと緑が茂った屋敷を指差した。

「あそこが僕の家だから」

「あそこがお兄ちゃんのお家？」

「そうだよ」

幼い瑠佳だって知っている。いや、この地域に住む人はみんな知っている。公園のような大きなお屋敷には、『岸田さん』という偉い人が住んでいることを。

瑠佳は秋廣と別れると急いで家に帰った。

そして厨房《ちゅうぼう》で忙しくしている父親に叫ぶ。

「お父さん！　僕、『偉い岸田さん』にケーキ買ってもらっちゃった！」

「はぁ？」

手を止めてすっとんきょうな声を上げた父親は、最初瑠佳の話を信じてくれなかった。

しかし、手に持つ苺のショートケーキや瑠佳の必死な形相に最後は信じてくれた。その後、お礼に父親が焼いたオレンジピールとチョコレートのマフィンを持っていくよう言われたのだ。

翌日岸田邸を訪れた瑠佳は、屋敷の中から本当に秋廣が現れて、『偉い岸田さん』の家に住む青年なのだと改めて実感した。

それはとても不思議な感覚で、ちょっとだけ気持ちがふわふわした。

当時のことを思い出すと、今でも笑ってしまう。『偉い岸田さん』なんて、漠然としたイメージしか持っていなかった幼い自分を。

「何ニヤニヤしてんのよ」

「鞠子《まりこ》さん」

リネン室でシーツにアイロンをかけている時だ。昔を思い出して口元を緩めていると、使用人仲間の板野《いたの》鞠子に声をかけられた。

「別になんでもないですよ」

緩んでいた口元を引き締めて鹿爪《しかつめ》らしく言うと、肘《ひじ》で突かれる。

「やだっ！　純情そうな顔して、瑠佳くんでもエッチなこと考えるんだ」

「だから、そんなんじゃないですって！」

慌てた瑠佳に、朗らかに彼女は笑った。

長い髪を高い位置で結わき、くりっとしたアーモンドアイをした鞠子はベータだ。年齢も近いので言葉を交わすことも多い。

この屋敷には、岸田家の人間以外アルファがいない。

二十人ほどいる使用人はみなベータで、オメガは瑠佳のみだ。

本来なら、主一族がアルファの場合、オメガは使用人として雇ってもらえない。

なぜならアルファを惹きつける性フェロモンを発するオメガは、ヒートという興奮状態に入ったアルファに、見境なく強姦《ごうかん》されるかもしれないからだ。

そうして子どもでもできてしまえば、使用人に手を出したと外聞も悪く、追い出したところで養育費や生活費など金がかかって仕方ない。

幸運にもアルファとオメガが相思相愛になり番になれればいいが、そういったパターンは少なく、冷静になった主に屋敷を追い出され、母子家庭になるオメガも多い。

こうした不幸を減らすべく、通常はアルファの屋敷にオメガの使用人はいないのだ。

しかし瑠佳は特例中の特例だった。

自宅が全焼し、父親も亡くし、住まいも職も失った瑠佳を助けてくれたのが秋廣だ。

家族のように親身になり、父親の葬儀まで執り行ってくれた秋廣は、周囲の反対を押し切って瑠佳を屋敷に住まわせると、使用人という職まで与えてくれた。

そのおかげで路頭に迷うことなく、こうして毎日働いている。

秋廣には感謝してもしきれない。家が近所だったというだけで小さい頃から可愛がってくれ、面倒を見てくれ、将来まで誓ってくれた。

アイロンをかけ終えたシーツを持って主寝室へ向かい、ベッドメイキングを済ませる。

涼しくなった風に金木犀《きんもくせい》の香りを感じながら、裏庭で洗濯物を取り込んでいる時だった。

「今日も精が出るな」

岸田家の住人のように間取りを熟知している三峯が、木の陰から現れた。

今日は日曜日ということもあって、黒いVネックのニットソーにジーンズというラフな格好をしている。

つんっと取り澄まして瑠佳は返事もしなかった。

男らしい顔を歪《ゆが》め、苦笑しながら三峯が近づいてくる。

「大好きなご主人様はどこに行ったんだ？」

「本日はお仕事です。休みにわざわざ他家の使用人をからかいに来る人と違って、秋廣様はお忙しいんです」

嫌味たっぷりに言うと、彼はさらに笑った。

「まぁ、岸田商事は九月決算だからな。今が一年で一番忙しいか」

干されていたタオルをカーテンのように除《の》けると、三峯が隣にやってきた。

「……今日もいい匂《にお》いがするな」

「……っ！」

すっと距離を詰められて、耳裏の匂いを嗅《か》がれた。

反射的にそこを手で押さえると、逃げるように一歩退く。

真っ赤になった顔で睨《にら》むと、ジーンズのバックポケットに手を突っ込んだ三峯が、意味深に口角を上げた。

「お前だって俺の匂いに反応してるんだろう？」

「そんなわけ……っ」

ない！　とまで否定できなかった。

さっきからくらくらするほど感じる香り。

金木犀に混ざって、鼻腔《びこう》を擽《くすぐ》る芳香。

野性味を帯びたムスクを思わせるそれは、瑠佳を甘く酔わせていた。

今すぐ抱きつきたい衝動。

唇を貪《むさぼ》り合い、服を脱ぎ捨てて抱かれてしまいたい。

しかし瑠佳は奥歯を嚙み締めると、自らを戒める。

これは意志とは関係ない、生理現象のようなものだ。勢いに任せて抱かれてしまったら、きっと後悔する。

理性的に考えろ！　自分は秋廣のために純潔を守ると決めたんだ。窮地を救ってくれた、尊敬する秋廣のために。

「僕は……あなたを『運命の番』だと認めていません」

「認めるも何も、感情を抜きにして惹かれ合うんだから仕方ないだろう？」

「こんなものは、まやかしです」

「お前がそう思いたいんなら、それでもいいさ」

ため息をつくと、彼は瑠佳の頭をくしゃくしゃっと撫でた。
「また遊びに来るよ。今度は秋廣がいる時に」
背を向けて去っていく男に、洗濯物を投げつけたい気持ちだった。
父親の死を乗り越えて、やっと手に入れた平穏。
主に大切にされ、使用人仲間とも上手くやって、毎日が幸せなはずだ。
なのにこの男が現れると、急に足元が揺らぐ。
心の中をかき乱し、不安にさせ、足りないものがあるんだと突きつけてくる。
——三峯さんなんか、大嫌いだ！
いつの間にか空は曇っていた。
日は隠れ、風も冷たくなり、瑠佳はぶるりと震えた。
ぽつりと頬に雫《しずく》が落ちて、空を見上げる。
突然降り出した雨に、急いで洗濯物を取り込んだ。

「三峯はいい奴だけど、彼の仕事の性質上、あまり深入りはしない方がいいね」
「わかってます。深入りなんてする気もありません！」

会社から帰ってきた秋廣の着替えを手伝いながら、瑠佳は前のめりに否定した。目を丸くした秋廣が、ネクタイを外しながら笑い出す。

「どうして瑠佳はそこまで三峯が嫌いなんだい？」

「悪徳弁護士だからです」

「悪徳弁護士？」

脱いだワイシャツを瑠佳に預け、秋廣は瞬《まばた》きを繰り返した。

「だって、秋廣様が教えてくれたじゃありませんか。三峯さんは正義を守る弁護士という職業に就きながら、反社会勢力の弁護もしてるって」

「あぁ。そうだったね」

思い出したように目を伏せた秋廣に、部屋着であるブルーストライプのシャツを着せる。

「しかも、あの時任《ときとう》組の……」

「瑠佳」

気遣うように見つめられ、はっと顔を上げた。

「もう大丈夫です。父の死からはだいぶ立ち直ったんで……」

「そうかい？　あまり無理はするんじゃないよ。つらい時は僕になんでも話せばいい」

「ありがとうございます」

瑠佳は微笑んだ。やっぱり秋廣は優しい。

四年前に亡くなった父親は、病死や事故死ではなく自死だった。全焼した店舗兼自宅から焼死体で見つかったのだ。

消防や警察からは、油を入れた鍋《なべ》を火にかけたまま睡眠薬を大量に服用し、熱せられた油が発火。結果父親は焼死したと聞かされた。

「そんなはずはありません！　父はいつも明るく前向きでした。睡眠薬だって、遅くまで仕事をしていると気が立って眠れないと飲んでいただけで、慢性的な不眠症を抱えていたわけじゃありません！」

父親の死後、岸田邸に身を寄せていた瑠佳のもとに、警察が説明にやってきた。

「だけどお父さんは、友人の連帯保証人になって多額の借金があったでしょう？」

反論できなかった。

確かに父親には借金があった。

だから瑠佳も大学卒業まで入所できるオメガ保護施設……ルフュージュを途中で出所し、父親の店を手伝ったのだ。少しでも人件費が減らせるように。

警察は父親に多額の借金があったこと、また周囲の証言から厳しい取り立てにあっていたこと、現場に不審な点がないことから、自殺と断定した。

しかし瑠佳は、今でも父親が自殺したとは考えていない。

なぜなら、父親は言っていたのだ。何も心配はいらないと。少額でも月々返済しているから問題はないと……。

そう言って笑っていた明るい顔が今でも忘れられない。

けれど、自殺でないのなら一体誰《だれ》が父親を殺したのだろう？

一番最初に思いついたのは、父親が借金をしていたヤミ金の運営母体、時任組だ。

秋廣が興信所を使って調べてくれたところ、時任組は関東一円に勢力を持つ御堂会東郷《みどうかいとうごう》組傘下で、違法薬物の売買以外あらゆる悪事に手を染めているという。借金の取り立てのみならず、返済の遅い父親に痺《しび》れを切らし、自殺に見せかけて殺したのではないかと疑っていた。

そして二番目に思いついたのが、三峯だ。

これは彼と『運命の番』である瑠佳にしかわからないことなのだが、父親が亡くなったあの晩、家の客間には三峯の残り香があった。

自分を誘う魅惑的な香り。

野性的で少し埃《ほこり》っぽい麝香《じゃこう》の甘さが混ざる、性フェロモン。

なぜ父親となんの面識もない三峯の香りが、事故当日我が家の客間にあったのか……？

瑠佳はこの答えを未《いま》だに三峯に訊《き》けずにいる。秋廣にだって相談していない。真実を知るのが怖かったからだ。

『運命の番』とは、発情期に関係なくアルファとオメガが互いの性フェロモンに惹かれ合い、一瞬で運命を感じ、必ず相思相愛になることをいう。これはとても稀《まれ》なケースで、巷《ちまた》では都市伝説だといわれている。

瑠佳も三峯と会うまではそう思っていた。互いの香りだけで運命を感じるなんて、おとぎ話の世界だけだと。

しかし十年前。岸田邸で開かれた花見の会で、当時大学生だった三峯と出会った。彼の香りに、瑠佳は一瞬で運命を感じた。

——あ、僕はこの人と番になる。

三峯も同じことを感じたのだろう。大きく目を見開くと瑠佳を見つめた。まるで雷に打たれたような顔をしていた。

言葉にしなくても、互いの気持ちが手に取るようにわかった。

あの瞬間を思い出して、瑠佳は着替えを手伝う手が止まる。

あんな神秘的な経験は後にも先にもない。

確かにあの時、自分も三峯も運命を感じていた。

それなのに、彼は暴力団の弁護を生業《なりわい》とするような人間になってしまった。

——あの人は人間のクズだ。

きゅっと唇を噛むと瑠佳はさらに俯く。

三峯が時任組の弁護士をしていると聞かされた時、頭を殴られたようなショックを受けた。秋廣も残念そうな顔をしていた。でも瑠佳は精一杯の笑顔で言った。

「たとえ三峯さんが時任組の弁護士であっても、秋廣様の親友であることに変わりありません。どうぞ僕のことは気にせず、これまで通り仲良くなさってください」

瑠佳の気持ちを知ってか知らずか、三峯は三日とあげずに秋廣のもとを訪れる。暇な男だと思う。夕食を食べていくこともしょっちゅうだ。

着替えが終わった秋廣に一礼し、部屋を出た。

すっかり日も落ち、白いLEDに照らされた廊下を歩く。

秋廣には、自分たちが『運命の番』であることは言っていない。三峯も話していない様子だった。『運命の番』であることは、口外しないのが暗黙のルールとなっている。裏を返せば二人だけの秘密。だから三峯も、二人の時しか性フェロモンの話はしない。瑠佳の香りが好きだということも。

必死に封じ込めていた不安が、喉元《のどもと》までせり上がってくる。嘔吐《えず》きにも似た感覚が瑠佳を襲った。

『運命の番』が、最愛の父親の死に関《かか》わっていたらどうしよう。いや、殺した犯人だったら……？

あの日感じた三峯の残り香が、いつまでも脳裏から離れない。今でも鼻腔の奥にこびりついている。

瑠佳は手にしていた秋廣のシャツを抱き締めた。

顔を埋めて胸いっぱいに息を吸い込む。

柔軟剤に混じった秋廣の温かい香りが心まで満たした。

「大丈夫……大丈夫」

深呼吸しながら自分に言い聞かせる。少しずつ不安が遠のいていく。

そもそも『運命の番』であっても、瑠佳は三峯と結ばれることを望んではいない。自分は秋廣と将来を誓い合っている。だから一生をともにするのは三峯ではなく秋廣だ。

そう思うのに、理性と本能はちぐはぐに空回る。

心が求めるのは、安らぎを与えてくれる秋廣。

しかし身体が求めるのは、強烈なまでに雄を感じさせる三峯。

瑠佳は目を開けると真っ直ぐ前を見た。

何も悩むことはない。

『運命の番』なんて生理現象のようなものだ。空腹を耐えるように、三峯への感情なんか抑えつけてしまえばいい。

長い廊下を見つめながら呟《つぶや》いた。

「僕が好きなのは秋廣様だけ。三峯さんのことなんか愛してない……」

確かな足取りで歩き出す。
自分の感情がぶれないように。
父親を殺したかもしれない悪徳弁護士を、好きにならないように。
止《や》まない雨音を耳にしながら、瑠佳は仕事に戻った。
無駄なことを考えないよう、この後秋廣のためにケーキを五つも焼いた。

【2】獣の刃《やいば》

ルフュージュとは、フランス語で避難所を意味する。

西洋の処女信仰と、武家社会の不義密通が複雑に絡み合い、発情期にアルファを惹きつけるオメガは貞淑でないとされ、日本では近年まで差別意識が強かった。

しかし戦後、オメガの社会的地位の低さを国際社会から非難され、日本は彼らの人権と権利を回復させようと、あらゆる改革に乗り出す。

その中で最も重要視されたのが、保護だ。

権利だけでなく、不本意にアルファに強姦されてしまうオメガの心身を守ろうと、オメガのみが入所できる保護施設を作った。それがルフュージュだ。

ルフュージュへの入所は個人の自由とされ、一生ルフュージュに入らないオメガも多い。

瑠佳ももともと入るつもりはなかったが、三峯と出会ったその日の夜。初めて発情期を迎えた瑠佳は、ルフュージュへの入所を秋廣に勧められた。

「若いうちにルフュージュに入っておくことに、なんのデメリットもない。一度入っててしまえば、国の助成金で中学から大学まで卒業することができるし。何より発情期がきても、アルファに襲われるかもしれないという恐怖を感じなくて済むよ」

普段から一緒にお茶を飲み、花見の会まで呼ばれるようになった瑠佳は、この頃すでに秋廣をじつの兄のように慕っていた。

聡明《そうめい》な彼の言葉は最も正しいことに思えたし、何よりルフュージュに併設されている学校へ通えば、学費などの経済的負担が減らせる。

秋廣からもらった助言と、家計への負担軽減のため、瑠佳は中学入学と同時にルフュージュへ入所した。

全国数か所あるルフュージュの中でも、瑠佳が入所した施設は最小規模のものだった。入所者数は発情期を迎えた十歳から二十二歳までのオメガ、百五十人。瑠佳の学年は十六人しかおらず、一クラスしかなかった。

外観は人里離れた山の中にぽつんと立つ、学校のようなものだ。たとえ身内であっても、ベータとオメガしか入れない施設のため、塀や入り口は刑務所のように物々しい。しかし内部は広い校庭に果樹園、農業学部が管理する畑や家畜小屋、園芸学部が手入れする庭園まであり、閉塞感《へいそくかん》はまったくなかった。

日用品が購入できるコンビニもあり、寮では一人一部屋与えられ、自由にテレビを観ることもできた。病院だってあった。

けれども見方を変えれば、それしかないということだ。

発情期の時はありがたい施設だったが、そうでない時はじつに退屈なところだった。

教職員や寮長たちとの関係は良好で、一学年の人数が少ないことから、みな仲も良かった。だから生活面において不満はなかったが、好奇心旺盛《おうせい》な子どもが過ごすには何もなさすぎた。

「ねぇ先生。どうしてここには何もないの？」

ぽつりと訊《たず》ねると、

「ここには何もない代わりに、絶対的な安全があるんだよ」

ベータであるベテラン教師はそう言った。

瑠佳は彼の言葉に納得した。

――なるほど。何もない代わりに、僕たちオメガは絶対的な安全を手に入れてるんだ。

施設を出た後も、この考えはすべての根底にあった。だから今でも、瑠佳は滅多に岸田邸から出ない。

屋敷で必要な物は他の使用人が買いに行くので問題なかったし、本や服など個人的な物は通販で買えた。どうしても瑠佳でないとできない用事の時しか敷地から出ない。なので外出は年に数回だ。

こんな生活を退屈だと思うが、俗世から隔離され、娯楽を捨てることで、身の安全が確保されている。

　故に瑠佳は、私設のルフュージュのような岸田邸から出ない。自分は将来秋廣と結ばれるため、純潔を守らなければいけないのだ。

　瑠佳は読み始めたばかりの本を閉じ、ベッドに横になる。

　自室の上部の細い窓から、温かい午後の日差しが入り込む。

　机の上にあったペーパーウェイトのプリズムが、その光を七色に分散させていた。

「綺麗……」

　呟いてからため息をついて目を閉じる。

　他の使用人たちは、今頃忙しく働いているだろう。

　本当は自分だって働きたかった。今週は銀食器を磨こうと思っていたのだ。

　しかしそれもできなかった。

　三峯が裏庭に現れた日曜日。雨に打たれたのがいけなかったのか、瑠佳はひどい風邪《かぜ》をひいてしまったのだ。しかも今月の発情期と重なって、体調は最悪だ。

　ただでさえ発情期は身体が怠《だる》く、微熱が続き、集中力も散漫になる。

　一見、風邪の症状とよく似ているが、性フェロモンの発散が強くなるので発情期だとわかる。

　瑠佳が初めて発情期を迎えた時も、最初はただの風邪だと思われた。けれども過剰な性フェロモンの発散に父親が気づき、発情期だとわかった。瑠佳の母親もオメガだったので、父親にはその知識があったのだ。

しかも、風邪薬と発情期抑制剤は飲み合わせが悪い。たとえ一緒に飲んだとしても互いの効果を打ち消し合い、まったく効かないのである。

そのため瑠佳は、今回は風邪薬を飲むことを選択した。一刻も早く鼻水と咳《せき》を止めたかったのだ。おかげで三日ほどで風邪の症状は治まった。

しかしこの期間は、アルファを惹きつける性フェロモンの抑制が効かないので、部屋にこもって静養するよう秋廣に言われた。屋敷には秋廣以外のアルファはいないが、三峯をはじめ多くの客人が出入りする。大事を取っての休みだった。

「はぁ……退屈」

体調もよくなり、発情期も終わりに差しかかると、体力と時間が余って仕方がない。

発情期抑制剤が飲めないということは、性欲を抑えることもできないので、瑠佳は身体の芯《しん》が疼《うず》いて大変だった。普段はまったくしないのに、発情期に入ってから毎日のように自慰をしている。

「ほんっと、最悪」

両腕で目元を覆って吐き捨てた。

自慰は嫌いだ。

行為に打ち込んでいる時はいい。ペニスを扱《しご》き、分泌液が溢れるアナルを弄《いじ》り、ただただ快感に酔いしれて絶頂を迎えればいい。

しかし射精した後、一気に虚《むな》しさが襲ってくる。あぁ、やってしまった……という後悔にも苛《さいな》まれた。

「これもみんな三峯さんのせいだ」

ぷくっと頰を膨らませたまま、ごろりと寝返りを打った。

壁に貼《は》られたカレンダーが目に入る。

今日は秋廣の誕生日だ。

ずっと前から楽しみにし、何をプレゼントしようかワクワクしていた。

しかし考えれば考えるほど何をプレゼントしていいのかわからなくなり、そうこうしているうちに風邪をひいて発情期に入ってしまった。

今年はもうプレゼントを渡すことは諦《あきら》めていた。出会ってから毎年欠かさず、誕生日プレゼントを渡してきたのに……。

「そうだ。時間も体力もあるんだから、今買いに行けばいいんじゃない?」

起き上がるとスマートフォンを手に取った。

地図アプリを開くと、屋敷のすぐ近くに花屋を見つける。

幸い秋廣は花が好きだ。今年のプレゼントは花束にしよう!

思い立ったのと同時に、自分の身体の匂いを嗅いだ。

発情期もあと二日で終わる。性フェロモンの甘い香りはほとんどしない。これなら外出しても身の危険はないだろう。

着替えると、少し多めに服を着込んだ。

風邪が治ったといっても病み上がりだ。ぶり返しては困ると、インナーシャツにワイシャツとセーター、その上からパーカーを着て、薄手のジャケットも羽織った。下はジーンズだ。

寝ぐせがつきっぱなしだった髪も整え、部屋を出る。

皆が忙しく働いているリネン室と調理室を横目に、従業員通用口から外に出た。

久しぶりの外気はさらにひんやりと冷たく、紅葉もぐっと進んでいる。

深呼吸を一つすると、瑠佳はきょろきょろと周囲を見渡した。

「えーっと、ここが裏門だから。お花屋さんはこっちの方向か」

滅多に外出しない瑠佳は、地図アプリが手放せない。地元とはいえあまり道を知らない上、方向音痴だからだ。しかも近年再開発が進み、ルフュージュにいる間にずいぶん街並みも変わった。

自分の脇《わき》を黒い車が通り過ぎたことも気づかず、瑠佳は頼りなげな足取りで花屋へ向かう。

アプリによると徒歩五分の距離だ。そんなに遠くはない。そもそも、この店は小さい頃よくお使いに行った店だ。母の仏壇に供える花を買いに行くために。

それを思い出した途端、瑠佳は急に気持ちが大きくなって鼻歌まで歌い出した。

近所とはいえ、久しぶりの買い物は想像以上に楽しい。

今日は晴天だ。突き抜けるような青空を見ていると、気分もすっきりとし、意味もなくワクワクしてくる。このまま羽が生え、どこか遠くへ飛んでいけそうだと思った。

軒先に花の入ったバケツや植木が置かれている店内を覗くと、ショートヘアーの若い女性がアレンジメントを作っていた。

「あの、すみません」

「いらっしゃいませ」

笑顔で迎えられて、軽く会釈する。

「えぇっと、誕生日プレゼントに花束を贈りたいんですが」

「かしこまりました。ご予算はいかほどですか？」

「あー……五千円ぐらいで。あ、あと黄色いバラをたくさん入れてください。大好きなんです。彼が」

秋廣のことを『彼』と言ったのは、この界隈《かいわい》で岸田一族があまりにも有名すぎるからだ。

もし「岸田秋廣に渡す花束を作ってください」と言ったら、店員の女性も緊張してしまって、バラの棘《とげ》で指を怪我《けが》するかもしれない。

黄色いバラを基調とした明るい色の花束は十分ほどで出来上がり、瑠佳は笑顔で店を出た。

――秋廣様、喜んでくれるかな？

子どものように無邪気な気持ちで花束を抱える。

屋敷を出た時に比べて日差しが強くなり、うっすらと汗をかいた。ちょっと服を着込みすぎたようだ。

その時、自分の汗がふわりと香った。

甘い性フェロモンの匂いが、花束の芳香とともに鼻先まで届く。汗に混じって性フェロモンは発散されるのだ。

――いけない、早く屋敷に帰らなきゃ！

通りを歩く人たちの視線が急に変わった。

瑠佳のことを皆ちらちらと横目で見ていく。

中には物欲しげにじっと見つめる者もいた。

あと二日で発情期が終わるからと、気軽に考えていた自分が迂闊《うかつ》だった。

瑠佳は歩く速度を速めると駆け出す。

たった五分の距離だ。

岸田邸の従業員通用口までもうすぐ。

肉食獣に追われた小動物が巣に逃げ帰るように、瑠佳は全速力で駆け抜けた。

「――ねぇ、君」

しかし、屋敷の壁に沿って角を曲がった時。正面にいかつい男性が現れて影が落ちた。

焦る瑠佳を静かに見下ろしている。

「なんで……しょうか？」

身体つきの良さから、アルファだとわかった。

表情は能面のように冷たく、目はギラギラと血走っている。呼吸は荒く、性フェロモンを過剰に分泌していた。むっとする香り。彼がヒートしている証拠だ。

額から一筋の汗が流れる。

この男と面識はない。

向こうも瑠佳のことを知らないようだった。

「――――っ！」

肩が抜けそうなほど強い力で腕を引っ張られ、屋敷まであと少しというところで捕まってしまった。

「いやだ！　離して！」

ヒートしたアルファに捕らえられたオメガが、どんな目に遭わされるか。一瞬で考えて必死に抵抗した。しかし暴れると担ぎ上げられてしまう。

「誰か……助けてっ！」

街行く人に叫んだが、一瞥《いちべつ》をくれるだけで誰も助けてくれない。むしろ面倒事に巻き込まれたくないと足早に去っていく。

愕然《がくぜん》とした。

これがオメガに対する扱いなのだ。

どんなに人権回復運動が盛んでも、国が保護施設を作っても。

性フェロモンを発散させて街を歩いたオメガに、人々は冷たい。

アルファがオメガを強姦しようとしても、誰も助けてはくれないのだ。自業自得と言わんばかりに。

これがオメガの人権の低さを如実に表していた。

本来ならば、どんな理由があろうと強姦したアルファが悪い。しかし世間では、性フェロモンでアルファを誘惑したとして、オメガが悪者にされるのだ。

現実に打ちのめされた。

それでも瑠佳は必死に抵抗し続けた。

建設途中のビルの隙間《すきま》にある路地に放り込まれ、したたか尻《しり》を打つ。

どん詰まりの造りだとわかっていても、立ち上がると奥へ奥へと逃げてしまう。

「こ、来ないで！」

行き詰まりの壁に背中をつけると、瑠佳は精一杯男を睨んだ。

岩のような顔にねっとりとした笑みを浮かべると、男は舌なめずりし、ズボンのベルトに手をかけた。

そこからエレクトしたペニスを引き摺り出す。

吐き気がした。

それは自分にだってついているものなのに、赤黒くて禍々《まがまが》しくて、まるで違う生物のように見えた。

瑠佳は男の脇を通り抜けて危機を打開しようとしたのだが、易々《やすやす》と捕らえられ、ジーンズに手をかけられる。

「いやだっ！」

両手で引っ張り上げて脱がされまいとしたが、男の方が力が強く、瑠佳のジーンズは細い腰から抜けてしまう。

「あぁっ！」

下着ごと脱がされて、縮み上がった性器を摑《つか》まれた。

ぐにぐにと揉《も》みこまれ、嘔吐《おうと》する。吐しゃ物が男の腕を汚した。

――気持ち悪い！　気持ち悪い！　気持ち悪い！　気持ち悪いっ！

瑠佳の頬を涙が伝う。屈辱の涙だった。

がさついた無骨な指はさらに奥へと進んでいき、瑠佳の後孔を捉《とら》える。

「やぁーっ！」

ぐりっと指を入れられそうになって、喉が裂けんばかりに叫んだ。

「瑠佳っ！」

その時、男の背後で何かが煌《きら》めいた。

高く振り上げられたそれは、ガツッと鈍い音を立てて後頭部を打ち据える。

前のめりに崩れ落ち、男はあっけなく倒れた。完全に気を失っているようだ。

「大丈夫か⁉」

きらりと光った物は鉄パイプで、路地に落ちていたことを思い出す。

同時に足から力が抜けて、ぺたりと地面に座り込んだ。

「瑠佳？　瑠佳⁉」

スーツが汚れることも厭《いと》わず、膝をついて肩を抱いてくれたのは三峯だった。

恐怖から解放されて放心状態の瑠佳に、ジーンズを穿かせてくれる。

「三……峯、さ……」

屈辱の涙は安堵《あんど》の涙に変わり、彼のスーツに縋《すが》りついた。

「三峯さん……三峯さん……」

「もう大丈夫だ。大丈夫だよ、瑠佳」

優しく背中を撫でられて、いつしかしゃくりあげながら大粒の涙を零していた。

＊＊＊

花屋へ行く途中にすれ違った車は、三峯のものだった。

滅多に屋敷を出ない瑠佳を不思議に思い、車を降りて跡をつけたのだ。

花屋で買い物をした姿を見届けると車に戻ったが、突然駆け出して忽然《こつぜん》と見えなくなったので、慌てて探してくれたという。

嫌いな男でも、今回のことは感謝しなければならない。ヒートしたアルファに襲われていたところを、助けてくれたのだから。

三峯に身体を支えられ、なんとか屋敷まで帰ってきた。

従業員通用口から入ると鞠子に出くわし、真っ赤に泣き腫《は》らした顔を心配された。しかしその場を三峯が上手く誤魔化《ごまか》してくれ、瑠佳は彼と自室へ戻った。

部屋にある浴室でシャワーを浴び、服を着て出ていくと、三峯がペーパーウェイトのプリズムを眺めていた。全焼した自宅から奇跡的に見つかった、唯一の父親の形見だ。

「あの……ありがとうございました」

「落ち着いたか？」

「はい……」

首にかけていたタオルで口元を覆うと俯いた。

冷静になるとひどく複雑だ。

助けてくれた感謝と、自分が強姦されかけていた現場を見られた恥ずかしさから、三峯とうまく会話ができない。

しかし彼は自分のスマートフォンを操作すると、瑠佳に訊ねた。

「どうする？」

「どうするって、何を？」

「さっきの男を訴えるか？」

「!?」

『訴える』という言葉が聞こえて怯《ひる》んだ。物騒な気がしたからだ。それと同時に彼が弁護士だったことを思い出す。

「あの男の身元ならわかってる。財布から免許証を取り出して写真を撮っておいた。だから強制わいせつ罪で訴えるというのなら、警察に行って、被害届を出して逮捕してもらう。そこから告訴という流れになるが、裁判所に出す書面の作成は俺が……」

「ちょっ……ちょっと待ってください！」

確かに三峯は男のズボンを探り、財布を取り出して何やら写真を撮っていた。だけどそれが免許証だったなんて。

「あの、訴えることはしません。警察に行く気もありません」

「泣き寝入りするのか？」

「そう捉えられても構いません。とにかく大事にしたくないんです。僕はここの使用人だし……何かあれば秋廣様に迷惑がかかるから」

納得いかない顔をしていたが、彼はスマートフォンを胸ポケットにしまった。

「わかったよ。瑠佳の意志を尊重する」

「ありがとうございます」

三峯は、瑠佳を助けてすぐに警察を呼ぼうとした。しかしその手を必死に止めた。今回のことが知れれば、主の耳にも入るからだ。

――秋廣様を心配させるようなことは、絶対にしたくない！

恩義を感じればこそ、知られたくなかった。見ず知らずの男に、身体を汚されかけたなんて。

それから瑠佳は秋廣の書斎へと向かった。

何も言わずに三峯もついてくる。

普段ならうっとうしい！　と怒ったかもしれないが、今は傍《そば》にいてくれるだけでありがたかった。相当心が弱っている。

「花束、ひどい姿になっちまったな」

「はい……」

三峯の言葉に、しょんぼりと肩を落とす。

誕生日プレゼントに買った花は、何本か折れてしまっていた。あれだけ暴れたのだから仕方がない。

中には花びらが散ってしまったものもあり、このままでは渡せないと、綺麗なものだけ選ぶと机上の花瓶に活けた。

クリスタルのそれに移すと、花は瑞々《みずみず》しさを取り戻した。

黄色いバラも、ガーベラもコスモスも、一気に水を吸い上げて命を吹き返す。

「よかった」

安堵したのと同時に、表情が曇った。

気丈に振る舞おうとしても無理だった。今さっきアルファに犯されかけたのだ。

これまでルフュージュで過ごし、慎重を期して岸田邸から出ることもなかった。なのに一瞬の気の緩みで、こんなことになってしまうなんて。

――あの時、三峯さんが助けに来てくれなかったら……。

想像しただけで、身体がガタガタ震え出した。

「おい、瑠佳？　どうした？」

自ら身体を抱き締めると、膝から崩れ落ちる。

再び恐怖が襲ってきた。

もう大丈夫だと何度も自分に言い聞かせるが、震えは止まらない。

駆け寄ってきた三峯に背後から抱き締められた。

「瑠佳……」

下瞼《したまぶた》に涙を溜《た》め、必死に唇を噛み締める。

「三峯さ……」

今日は、彼に格好悪いところばかり見られている。

強姦されかけたところ。

子どものように泣きじゃくったところ。

そして今、恐怖に再び苛まれているところ。

「三峯さん……どうしよう？　僕、穢《けが》れちゃったかな？」

こんなことを彼に訊いても仕方ないのに、誰かに否定してもらいたかった。

「穢れてなんかない。安心しろ。瑠佳は綺麗なままだ。俺が保証する」

欲しかった言葉を言ってもらい、ほっと息をつく。

溜まりに溜まった涙がぼろりと零れて、三峯が親指で拭ってくれた。

「あっ……」

まるであの時のようだと思った。

「初めて会った、花見の会みたいだな」

三峯も同じことを考えたらしい。

二人だけの大切な思い出。

一日たりとも忘れたことのない、運命の出会い。

首を捻《ひね》って彼を見上げた。

心配そうな表情の奥に優しさが垣間見《かいまみ》えて、忘れなくてはいけない想いが胸の中で息づき出す。

「だめ……」

黒い瞳に見つめられて、とくとく……と心臓が逸《はや》る。

三峯の形の良い唇が近づいてきた。

「だめ、三峯さん……」

首を竦《すく》めて逃げようとしたら、肩を抱き込まれた。

「だめ……本当にだめなの……」

指先でやんわりと彼の唇を押し返す。

しかしそれはなんの効力もなく、ただ唇の柔らかさと温かさを知るだけだった。

「だめ……っ」

最後の言葉を飲み込むように、三峯に口づけられた。

それは激しく奪うようなキスだった。

こんなに近くにいたのに。

ずっと傍にいたのに。

これが二人の初めての触れ合いだった。

「……んっ、んぅ……ふ……ぁ」

唇を重ねるだけでは足りないと、三峯は瑠佳の口腔《こうこう》に舌を差し込む。

綺麗な歯列を舐《な》め、ピンク色の歯茎を擽り、そのまま上顎《うわあご》も味わい尽くす。

舌を絡めて、時折強く吸われた。初めて感じる痛いような刺激に、身体がびくっと跳ねる。

再び唇を合わせて互いの熱を感じた後、もうこれでおしまい……というように、リップ音を響かせてキスは終わった。

瑠佳の瞳は潤んでいる。

先ほどまで泣いていたというのもあるが、今は明らかに違う何かに濡《ぬ》れていた。

三峯の双眸《そうぼう》も潤んでいた。

水の膜を張って、黒い瞳はガラス玉のようにキラキラと輝いて見える。

――秋廣様とも、したことがないのに……。

瑠佳のファーストキスは、三峯に奪われた。

「……どこだ？」

「……何が？」

唐突な彼の言葉に、甘い空気を引き摺ったまま瞬きを繰り返す。

「だからどこだ？　あの変態アルファ野郎に触られたところは」

「はっ？」

なぜそんなことを訊かれたのかわからないうちに、三峯に横抱きに抱え上げられた。

「うわっ！」

驚いて彼の首にしがみつく。すると三峯は書斎から続く扉を蹴破《けやぶ》るようにして開けた。

そこは秋廣の寝室だった。白いファブリックで揃《そろ》えられた天蓋《てんがい》付きのベッドがある。

「み、三峯さんっ！」

どさりと下ろされ、慌てているうちに彼が覆い被《かぶ》さってきた。

清潔なシーツから、秋廣の香りがする。

しかしそれ以上に、三峯の野性的な性フェロモンが部屋いっぱいに広がった。

「もしかして……ヒートしてるんですか？」

ごくりと唾《つば》を飲んで問うと、彼は自嘲《じちょう》の笑みを浮かべた。その額には、煩悶《はんもん》を表すように汗が浮かんでいる。

「すまん、今さっき怖い思いをしたっていうのに。お前の香りに……理性が吹き飛びそうだ」

耳裏に鼻先を埋めた三峯が、思いきり息を吸い込む。

「やっ……！」

これからされるかもしれないことを察し、彼の下から逃げ出そうとした。しかし両手首をベッドに押さえつけられ、身体を捻ることもできない。

「いやだ、三峯さん！　やめて」

足をばたつかせて抵抗したが、ガチッと音をさせて首輪に噛みつくと、彼は瑠佳のシャツを引き裂く勢いで脱がせた。

「やだ……だめっ！　三峯さん！」

正気に戻ってもらおうと必死に背中を叩《たた》いたが、一回り以上身体が大きい彼には、瑠佳の抵抗などささやかなものだった。

「瑠佳……瑠佳……っ」

求めるように名前を呼ばれ、自分の性フェロモンがふわっと匂い立つのがわかる。

暴れているので、汗をかいたというのもあった。

でも驚くほど甘く、強く、三峯を誘う香りが発せられていく。

「本当に……だめなの……」

眦《まなじり》から、絶望と諦めの混じった涙が零れる。

この部屋で、何度も秋廣と将来を誓い合った。「お前にふさわしい人間になるから、待っていてほしい」と。「それまで清いままで、純潔を守ってほしい」と。

しかしこの誓いすら、『運命の番』という宿命の前では無意味なのかもしれない。

心と心が。

身体と身体が。

理性に関係なく惹かれ合っていく。

「あっ、あっ、三峯さん……」

脱がされたシャツで手首を縛られ、さらに自由は奪われた。

「そんなところ、触られてないよっ」

飾りのようにつけられた桃色の乳輪を、三峯が舌先で辿った。くすぐったくて身体を捩《よじ》ると、尖《とが》った頂を吸われる。

「じゃあどこを触られた？　あの変態野郎にどこを弄られた？」

「言えるわけ……ない……」

「どうして？」

「恥ずかしくて……言えない……」

顔を真っ赤にして涙ぐむと、彼の瞳が野獣のように光った。

「言えないんだったら、全身舐め回して消毒しないとな」

「ちょっ……三峯さん！」

瑠佳のズボンのチャックを下ろすと、下着ごと足から引き抜いてしまう。

「やぁっ！」

顔だけでなく、全身が朱色に染まった。

「み……三峯さん、さっき言ったじゃない！　僕は穢れてないって。なのになんで消毒なんて……」

「お前は穢れてない。確かに綺麗なままだ。でも洗っても落とせない臭気がある。秋廣の匂いならまだしも、あんな……っ」

ぞくりとするほどの独占欲。

三峯は瑠佳の身体の穢れとは別に、雄としてのマーキングを問題視しているのだ。

スーツのジャケットを脱ぎ捨ててネクタイを抜き取った三峯が、ワイシャツのボタンを外しながら覆い被さってきた。

白い肌の上を、赤い舌が滑り下りていく。鎖骨から胸へ、脇腹から臍《へそ》へ、そして――。

「あぁっ！」

瑠佳は身体を丸めて抵抗した。

しかし大きく足を開かされると、柔らかな下生えに隠された性器を凝視される。

「……感じてるんだな」

恍惚《こうこつ》とした響きに、結ばれていたシャツで顔を覆う。

「やだぁ、見ないで……」

半勃《はんだ》ちのそれは、確かに感じていることを示していた。

強姦されているというのに、勃起している自分が恥ずかしかった。情けなかった。けれどもどうしようもなく彼の香りに興奮していく。

「あっ……あぁ……っ、あぁぁ」

片足を肩に担がれ、性器を手で支えられた。そして優しく皮を剝《む》かれる。

現れた亀頭をゆっくりと口に含まれて、熱い舌で舐め回された。

「いやぁ、あぁっ……」

初めて感じる濡れた刺激に、どうしていいのかわからない。

腰をくねらせ、必死に逃げようとする。

しかし太腿《ふともも》を抱き込まれ、それもできない。

「あぁ……だめぇ……許し、て……」

一番敏感なところを舌先で弄られ、「ひっ！」と腰が跳ね上がった。

全身から生々しいほど甘い香りが立ち上る。

性フェロモンは汗に混じって、精液に混じって、三峯を誘惑した。

媚《こ》びた匂い。

挑発的な匂い。

清廉な匂い。

淫靡《いんび》な匂い。

体温が上がれば上がるほど、これらの香りは混ざり合い、どんどん強くなっていく。

決して狭くはない秋廣の寝室に、二人の性フェロモンが充満した。

甘ったるくて、野性的で。

重たく淫猥《いんわい》な香りは、ベルベットのようなしなやかさで二人を包み込んでいく。

「三峯さ……三峯さん……」

すっかり勃ち上がった性器を震わせ、ぐずるように瑠佳は泣き出した。

口淫はあまりにも刺激が強すぎて、気持ちが良くて、自分の手でしか弄ったことのないそれは、すぐにでも弾《はじ》けてしまいそうだ。

「泣くな、瑠佳」

赤く濡れた唇を手の甲で拭い、あやすように三峯が頭を撫でる。

「別にお前をいじめてるわけじゃない……って言っても、手首縛って無理やり抱いてんだから、説得力がないか」

ふっと微笑んだ彼に、瞳を奪われる。

柔和に細められた目元に、心が惹きつけられた。

秋廣のことも素敵だと思う。美しいと思う。

しかし世界で一番心を揺さぶるのは、三峯の声や造形だ。

大きな手のひらで包むように頬を撫でられ、うっとりと目を閉じた。同時に唇が重なって、口づけられる。

「んっ……んんっ」

人生二度目のキスは、先ほどのものより緩やかで優しかった。

唇を触れ合わせ、小鳥のように啄《ついば》み合う。

けれども呼吸のタイミングが摑めず、瑠佳は次第に苦しくなってきた。

「はっ……はぁ……ん、んぅっ」

うっすらと目を開け、三峯は瑠佳を見つめながら何度もキスを繰り返す。まるで楽しんでいるかのように。

「――――っ!?」

その時だ。立てていた膝の間を指が滑り下り、会陰《えいん》を辿って、瑠佳の後孔を擽った。

「み、三峯さんっ？」

驚いて目を開くと、ベッドの上へとずり上がる。しかし透明な分泌液で潤ったそこに、三峯が男らしい指をじわりと沈めてきた。

「い、いやだ、いやだ、いやだ……っ！　だめ！」

本気で手足をばたつかせて抵抗した。

キスをされるのはいい。

身体を舐め回されることだって、三峯なら許せた。いや、むしろ身体は彼を求めて疼いている。

だけどそれは絶対にだめだった。

なぜなら恩人である秋廣と約束したのだ。将来を、そして純潔を守ることを。

「お願いです、三峯さん！　それだけは許してください！」

「どうして？　お前のここだって悦《よろこ》んでる。こんなに俺の指を食い締めて。お前だって、俺を待っていたんだろう？」

指先で内壁を辿られた。

解《ほぐ》すように指を回され、身体が跳ねる。

自分では触ったこともない奥まで探られて、子宮がきゅうっと収縮するのを感じた。

「お願い……やめて……お願い……」

ボロボロと涙を零して懇願したが、三峯はぐちゅぐちゅと卑猥《ひわい》な音を響かせながら、後孔を弄る手を止めない。

きっとヒートしているせいもあるのだろう。

理性的であろうとしながらも、彼も性衝動が抑えられないのだ。

「ふ……っん、あっ……んぅ」

浅い場所を、深いところを何度も行き来され、潤んだ後孔はじっとりとシーツを濡らした。

瑠佳の細い足を両肩に乗せると、三峯はスラックスの前立てに手を遣《や》り、中から屹立《きつりつ》したものを掴み出す。

長さと太さに、息を呑《の》んだ。

もともとオメガはペニスが小さく、アルファは大きい。これは体格差に比例するのだが、どう見ても三峯のそれは、瑠佳の倍以上はありそうだった。

「無理……そんなの入らない……」

怯《おび》えると、汗で額に張りついた前髪を掻《か》き上げられる。

「大丈夫だ。ちゃんと入るようにできてる」

「お願い……挿《い》れないで……」

切っ先を押し当てられて、最後の懇願をする。

「秋廣様に、純潔を守るように言われているんです。だから、挿れないで……」

「秋廣に処女を奪われるのと、俺に奪われるの。どっちがいい？」

「それ、は……」

即答できなかった。

また心と身体がちぐはぐに空回る。

本当なら、将来を誓い合った秋廣に違いない。

心はそう叫ぶのに、今は全身が三峯を欲している。

「ほら、身体は素直だ。お前は……」

「僕は……？」

腰を抱え直され、強い酒を流し込むように耳元で囁《ささや》かれた。

「俺と、番になるために生まれてきたんだからな」

「あぁぁ……っ」

屹立を押し進められ、秘筒が三峯の先端を呑み込んでいく。

「や、だぁ……だ……めぇ……」

「くっ……狭いな……」

しなやかな身体を撓《しな》らせ、瑠佳は初めて受け入れる質量に耐えた。

三峯も隘路《あいろ》に苦戦しているのか、自身を慎重に挿入していく。

「あぁっ、あぁ……」

眦から涙が溢れ、こめかみを濡らした。

縋るものが欲しくて、両手を縛っているシャツを握り締める。

引き攣《つ》る痛みはあったものの、充血した襞《ひだ》は少しずつ快感を生み出していった。

熱い猛《たけ》りにみっちりと埋められて、自分の中が彼の形に変えられていく。

「やぁ……あぁ、……あぁっ」

白い喉が反った。

もどかしげに三峯が首輪の上から噛みつく。

「やっぱり、途中までしか入らねぇか」

眉間《みけん》に皺《しわ》を寄せ、独り言のように彼は呟いた。

「ふ……ぅ、あぁ……ん」

小さく腰を揺すられて、鼻にかかった甘い声が漏れる。

ぎしぎしとベッドが軋《きし》み、二人の身体が前後に揺れた。

涙の幕が張った視界越しに、精悍《せいかん》な男の顔が見える。

「三峯さん……三峯さん……っ」

助けを求めるように名前を呼ぶと、体内にいる雄が大きくなった。

「やだっ！　やだ……っ！　それだけは本当にだめっ！」

驚いて上へ逃げると、腰を掴まれて引き戻される。

冷たい汗が、じっとりと背中を濡らした。

瑠佳だって男なのでわかる。

彼自身がより膨張したのは、射精が近いからだと。

「いけないいっ！　三峯さ……っ！　中には出さないで！」

瑠佳の叫びに何も答えず、彼は黙々と腰を突き入れた。

「出しちゃだめ！　出しちゃだめっ！　赤ちゃんが、できちゃうからぁっ」

オメガは通常妊娠率が極めて低いが、発情期中に体内で射精されれば、九十パーセント以上の確率で妊娠する。しかもヒート中のアルファの精液は量が多く、受精率は格段に上がるのだ。

「……孕《はら》めよ、俺の子ども」

耳たぶに噛みつきながら、三峯が確かな声で言った。

「産めよ、俺たちの子ども」

「だ、めぇ……っ」

どくっどくっと脈打ちながら熱い精が注がれる。

それは奥まで流れ込み、無垢《むく》だった身体を確実に変えていった。

「あぁ……あぁ……」

大粒の涙が頬を濡らす。

歓喜と失望が入り混じった雫は、これまで流したどんなものより苦く、甘く、そして切なかった。


この後一時間も続いた行為は、心身ともに瑠佳を疲弊させた。

泣き疲れ、身体中に鬱血《うっけつ》の花が咲き、吸収しきれなかった精液が後孔から溢れている。

瑠佳はここが主の寝室であることも忘れて、指一本動かせずぐったりと横たわっていた。

ベッドの縁に腰かけ、スラックスを身に着ける三峯を眺める。

途中から手首を解放された瑠佳は、絶頂を迎えるたびに逞しい背中に縋りつき、何本もの赤い傷をつけた。それも今、白いワイシャツに覆われていく。

日差しはすでにオレンジ色に変わり、格子窓の影が縦に長く伸びていた。

動かなければと思うのに、心同様に重怠い身体は言うことを聞かず、ただただ三峯の動きを目で追う。

「水でも飲むか？」

ネクタイを結び終えた三峯が、肩越しに振り返る。ゆっくり瞬きをすると、大きな手のひらで頭を撫でられた。

「身体を拭《ふ》くタオルも持ってくる。あとは着替えか。お前のタンスを勝手に開けていいなら、新しい服を持ってくるが……」

「――瑠佳？」

三峯の穏やかな声に被さって、聞き慣れた靴音が響いた。

書斎に続く扉の奥に、眉根を寄せて顔を強張《こわば》らせた主の姿を見つける。

「秋、廣様……」

乾いた喉からひび割れた声が出た。

一瞬にして瞳孔《どうこう》が開く。

「瑠佳っ!?」

顔面蒼白《そうはく》の秋廣が、三峯を突き飛ばして駆け寄ってきた。

「瑠佳くんっ」

屋敷へ帰ってきた秋廣とともに来たのだろう、両手で口元を押さえた鞠子が戸口に立っていた。

「お前は一体、何やってるんだよ！」

ゴッッと骨音を響かせ、温厚な秋廣が三峯の頬を殴った。

「やめてください！　秋廣様っ！」

慌ててベッドを下りると主に縋りつく。

しかし秋廣の怒りは収まらない。

「お前は！　お前って奴は、僕の気持ちを知ってて瑠佳を抱いたのか!?」

襟元を摑み、これまで見せたこともない形相で三峯を壁に押しつけた。

「この、ケダモノッ！」

「お前だって一緒だろう？　腹ん中じゃ、好きな奴のことを犯したいって考えてるくせに」

「………………っ」

口角から鮮血を流し、冷やかに三峯は見下ろした。

「違う、僕は……僕は……」

力なく手を離すと、秋廣は愕然と立ち尽くす。その瞳は小刻みに揺れている。

瑠佳の身体を鞠子が毛布で包んでくれた。細い腕に力を込められ、自分がどんな惨状だったか思い出す。同情した彼女の眼差しが、あまりにも痛々しかった。

「……出ていけ」

微《かす》かに空気を震わせた言葉に、三峯は冷たい表情を崩さない。

「出ていけっ！」

今度は荒々しく空気が波打ち、瑠佳も鞠子も竦み上がった。

「それじゃあ、こいつはもらっていくぞ」

当然とばかりに腕を引かれて、連れ去られまいと抵抗した。

「いやだ、離してください！　僕はどこにも行きませんっ」

物のように担ぎ上げられ、激しく手足をばたつかせる。

「お、降ろしてください！」

「瑠佳は置いていけ！　じゃないと、僕は何をするかわからない」

鋭い視線を投げた秋廣を、三峯は真っ直ぐ見据える。

耳が痛くなるほどの沈黙が落ち、鼓動だけが大きく聞こえた。

睨み合う男たちの間で、息を呑んで固まることしかできない。

しばらくすると、ため息とともに降ろされた。

「……わかった。今日は置いていく。でもな、近いうちに必ずもらいに来る」

身体に巻きつけた毛布を握り締めていると、三峯に強く抱き寄せられた。そして瑠佳にしか聞こえない声で囁かれる。

「いいか、何かあったらすぐ俺のところへ来い。意地は張るな。待ってる」

背中をぽんっと一つ叩かれ、身体を離された。

黒いジャケットを拾い上げると、三峯は去っていく。

彼の姿が廊下へ消えた時だった。咆哮《ほうこう》を上げ、秋廣は泣き崩れた。

アフターピルとは、避妊に失敗した際、七十二時間以内に服用すれば妊娠を回避できる薬だ。

オメガは発情期抑制剤と対で、この薬を医師から処方される。発情期中に体内で射精されれば、高い確率で妊娠するからだ。

本来なら、こんな薬は一生使わない方がいい。瑠佳もお守りとして持っていただけで、自分が使うことになるとは露とも思っていなかった。

＊＊＊

白い粒をコップの水で流し込み、自室の机の椅子《いす》に腰かける。

浴室で身体を清め、衣服を纏《まと》った後、この薬を飲むか飲まないかでずいぶん悩んだ。

三峯は、「俺たちの子どもを産め」と言った。

あの言葉は、熱に浮かされたものだったかもしれない。

でも本気だったのかもしれない。

真相はわからないが、今の自分は親になれる器でないことはわかった。

「どうして僕がこんな思いを……？」

平らな下腹部を摩り、机に突っ伏した。

堪《たま》らない虚しさと、後悔と、寂しさが襲ってくる。

自らの意志で、瑠佳は芽吹いたかもしれない命を流したのだ。

ぼんやりと虚空を見つめる。

もう何も考えたくない。

今日はいろいろありすぎて、心も身体も疲れ切っていた。

涙すら出てこない。

その時、ふと三峯が言っていたことを思い出し、引き出しを開けた。

鍵のついた一番上の引き出しには、発情期抑制剤と日記、そして以前三峯にもらった名刺が入っている。

瑠佳は私物が少ない。大事な物は日記と薬、形見のプリズムぐらいだ。

しかし、三峯のプライベート用スマートフォンの番号が殴り書きされた名刺も、鍵のかかる引き出しにしまっていた。これは宝物なんかじゃない……と自分に言い聞かせながら。

いつでも捨てられると思いながら、ずっと捨てられなかった名刺。

彼の事務所がある場所は、何度も地図アプリで検索した。

瑠佳が行ったことのない街にある、彼の事務所。

三峯は、何かあったらすぐに来いと言っていた。

「行ったら、三峯さんに会えるのかな……」

心の内の呟きが漏れて、唇を噛んだ時だ。

壁に何かを叩きつける大きな音が聞こえて、瑠佳は立ち上がった。

ドンッという鈍い響き。

ここは地下なのに、地響きのように伝わってきた。

「何事ですか？」

慌てて廊下に出ると、同じく部屋から飛び出した鞠子が教えてくれる。

「秋廣様がお部屋で暴れているらしいの！　すぐに来てくれって内線が鳴ったわ」

「えっ？」

急いで部屋に駆けつけると、三人の男性使用人が秋廣を前に叫んでいた。

「秋廣様、おやめください！」

「落ち着いてください、秋廣様！」

「鞠子！　かかりつけの先生に電話をしろ、すぐに来てもらうんだ！」

「はいっ！」

目の前で起こっていることが信じられず、瑠佳は一歩も動くことができなかった。

美しく整然としていた主の部屋は、めちゃくちゃになっている。

ゴブラン織りのカーテンは引き裂かれ、木製の書斎机は倒され、昼間花を活けたクリスタルの花瓶は割れていた。

床には本や書類が散らばっていて、壁には椅子を叩きつけたのか大きな穴があいている。

一人の使用人が背後から取り押さえたが、その男のことも肘で殴り、秋廣は叫びながら暴れていた。

「あ、秋廣様！　秋廣様っ！」

固まっていた身体がようやく動き出し、瑠佳も秋廣を止めにかかった。

すると正気を失った眼はぎろりと瑠佳を捉え、二人の使用人に押さえつけられたまま鬼の形相で叫ぶ。

「お前は天使なんかじゃない！　悪魔だ、瑠佳！　三峯に抱かれやがって！　今までの恩をすべて仇《あだ》で返すつもりか！」

「…………っ！」

身が竦んだ。

これは秋廣じゃない。

自分の知っている主ではない。

「売女《ばいた》めっ！　くそっ！　くそっ！　くそっ！」

髪を振り乱し、床を叩く姿に、心臓が凍えていく。

汚い言葉で相手を罵《ののし》り、目を血走らせ、悪霊に憑《と》りつかれたように発狂している。

「秋……廣様……」

「瑠佳、お前は部屋から出てろ！　じゃないと秋廣様を余計に刺激する！」

取り押さえていた使用人仲間に言われ、瑠佳は急いで部屋を出た。

「逃げるのか！　瑠佳っ！　許さないぞ……お前を絶対に許さないっ！」

常軌を逸した秋廣の叫びが、廊下まで響いてくる。

両手で耳を塞《ふさ》ぐと、その場にしゃがみ込んだ。

――こんなのは、秋廣様じゃない！

上品で優雅で、甘い物が大好きで。

柔和で穏やかで、毎夜のように将来を誓ってくれた。

それなのに、それなのに……。

叫喚する秋廣に身体を震わせていると、医師と看護師が鞠子に連れられやってきた。

「先生、こちらです！」

部屋に入っていくと、彼を落ち着かせるやり取りがしばらく聞こえたが、五分ほどすると室内は静かになった。

恐る恐る覗くと、中にはぐったりと横たわる秋廣がいた。

「いやだ、秋廣様！　しっかりしてください」

死んでしまったのではないかと驚いて駆け寄ると、医師に肩を叩かれた。

「大丈夫ですよ、今は鎮静剤で眠っています」

使用したものだろう、注射器を片づける看護師が隣にいて、瑠佳は腰が抜けて座り込んだ。

周囲を見渡せばひどい有様になっている。

室内は荒れ、壁にはいくつも穴があき、取り押さえていた使用人たちも、引っ搔き傷や擦り傷だらけになっている。

鞠子も気が抜けたのか、真っ白な顔で部屋の隅にしゃがみ込んでいた。

騒動を聞きつけてやってきた他の使用人も、愕然と立ち尽くしている。

しかしこのままではいけないと、秋廣を寝室に移すと、瑠佳と鞠子は書斎を片づけ始めた。

本を拾い、書類を集め、倒れた机や書棚を元に戻す。

その最中、涙が溢れて仕方なかった。

あの温厚な秋廣をこんなふうにしてしまったのは自分だ。

彼の誕生日に花を贈りたいと、発情期中に屋敷から出てしまったから。

部屋を片し、破れたカーテンを取り外した頃には、東の空が白んでいた。

疲れ切った鞠子とともに廊下を歩き、静かに瑠佳は口を開く。

「……僕、このお屋敷を出ていきます」

目を見開き何か言いかけた鞠子は、俯くと口を噤《つぐ》む。

「……そうね。その方がいいかもしれない。秋廣様が落ち着かれたら、またお屋敷に戻ってくればいいんだし」

「うん……」

瑠佳は部屋に戻ると手紙をしたためた。相手はもちろん秋廣だ。

小さい時から可愛がってくれたこと。身寄りのなくなった自分に、住む場所と職を与えてくれたこと。そして将来を誓ってくれたこと。

どれもすべて嬉《うれ》しくて感謝していると書き綴《つづ》ると、封を閉じた。三峯に犯されたことには触れなかった。

「それじゃあ鞠子さん、これを秋廣様に渡してください。よろしくお願いします」

部屋を訪ねて手紙を託すと、疲れた顔に笑みを浮かべた。鞠子も寂しそうに睫毛を伏せると、大きく頷いてくれる。

ボストンバッグに荷物を詰めると、屋敷を後にした。

大好きだった庭に別れを告げる。

たくさんの思い出が詰まった岸田邸は、まさしく瑠佳の宝物だった。

【3】暴力団弁護士

ちょうど通勤ラッシュという時間帯なのだろう。

朝の爽《さわ》やかな空気の中。一様にトレンチコートを着た会社員が、重怠そうな表情で歩いていく。

中にはしゃっきりした顔のアルファ男性もいたが、メイクもせず、眠たそうな顔をマスクで隠しただけのベータ女性もいた。

岸田邸がある高台から見下ろすと、彼らはまるで蟻《あり》の行列だ。それなりに規則正しく、等間隔で、目的地へ向かう。

方向音痴で道を知らない瑠佳でも、最寄り駅には行けた。ルフュージュに入るまでは地元を闊歩《かっぽ》していたのだ。それももう十年も前の話だが。

額に汗を浮かべ、人生初の満員電車に乗る。

――く、苦しいーっ！

ボストンバッグを胸に抱えて、ぎゅうぎゅうに詰め込まれた車内は地獄のようだった。

今は発情期抑制剤を飲んでいるので、汗をかいても大丈夫だが、もう二度と満員電車には乗りたくないと思った。

人波に押され、乗車口から吐き出されるように目的地に着く。

山手線のホームから見える景色に胸がときめいた。

一人で電車に乗って知らない街へ来るなんて、大冒険だ。ずっと鼓動が速まって、頬が紅潮している。

三峯の事務所は、コリアンタウンとして有名な場所にあった。

一つしかない改札を抜け、大久保《おおくぼ》通り沿いに右手へ進む。

すると街は突然姿を変えた。

原色のハングル文字が躍り、片言の日本語が溢れ、雨風に晒された韓流アイドルのポスターが、至るところに貼られている。

脇道に入ると改装された綺麗な飲食店や、見るからに居抜きで買われた雑貨店などがあり、新旧の不規則性が雑多なおもちゃ箱を思わせた。まるで異国に来たようだ。

朝八時半と早いせいか、人影はまったくない。どの店も閉まっていて、都心にしては静かすぎる。しかしあと数時間もすれば店も開き、この通りが活気に溢れることは容易に想像できた。

シャッターが下りた道を進むと、突き当たりに茶色い外壁のマンションを見つける。

間口は狭く、古く、一見雑居ビルのようだ。マンション名が書かれたネームプレートがなければ、思わず通り過ぎていただろう。

「確か、ここの五階にあるはずなんだけど……」

薄暗いエントランスを抜けると、エレベーターに乗り込んだ。日当たりの悪い廊下を歩くと、彼の事務所はすぐにあった。

くすんだ水色の扉に、『三峯隼人法律事務所』と書かれた白いプレートが貼られている。

それを見た途端、一気に緊張が押し寄せてきた。

大きく深呼吸をして、手にしていたスマートフォンを握り締める。

昨日抱かれた気まずさがないわけではない。

恥ずかしさだって残っている。

でも彼には責任を取ってもらわなければならない。

なぜなら三峯に犯されたせいで、主の秋廣は精神的に不安定になり、自分は職も住むところも失った。だから弁護士の伝手《つて》を最大限に利用させてもらって、新しい仕事を紹介してもらおうと思ったのだ。

もう一度深呼吸をして、インターフォンを押す。

まだ時刻は午前九時前だ。彼がここに出勤している可能性は低い。そう思って三峯が来るのを廊下で待とうと決めた時だった。

「はい、どちらさん？」

少年の声がインターフォンから流れてきて、慌てて瑠佳は名乗った。

「あのっ、柊木と申します。三峯さんに会いに来ました」

「おっ！　あんたが噂《うわさ》の瑠佳ちゃんだね。ちょっと待ってて。今開けるから」

声を弾ませた彼は、ガチャンと勢いよく通話を切ると、玄関扉を開けてくれた。

「おっはよう！　瑠佳ちゃん」

「お……はよう、ございます……」

「ホントだ！　噂通り可愛い顔してるね。これじゃあみんながメロメロになるのわかるなぁ」

初対面とは思えない人懐こさに戸惑った。と同時に、彼の姿に驚く。

金色の髪に大きな青い瞳。陶磁器のような白い肌に、高い鼻梁《びりょう》。唇はさくらんぼうのように赤く、声を聞かなければ西欧の美少女だと勘違いしていただろう。

けれどよく見ると、金髪の根元は茶色くなっていて染められたものだとわかるし、瞳はカラーコンタクトだった。それを抜きにしても、目の前の少年は美しい。

しかし容姿以上に瑠佳を驚かせたのは、彼の格好だ。

髪は濡れ、薄い胸板と細い腕を晒し、腰にはバスタオルを巻いている。明らかに今、風《ふ》呂《ろ》から上がったばかりの姿だ。

「えーっと、その……」

赤面しながら口籠《くちごも》ると、自分より幾分背の高い彼はけらけらっと笑った。

「三峯なら、事務所の奥にある自宅でまだ寝てるよ。入っていいから起こしておいで」

「はい」

促されて事務所に上がり込む。

中はマンションの外観と違って、綺麗にリフォームされていた。

ベランダに続く掃き出し窓から、向かいのビルが間近に見える。

事務所には灰色のカーペットが敷かれ、島のように事務机が三つ配されていた。壁際にはファイルや六法全書がしまわれたスチール棚があり、玄関を入ってすぐのところにソファーセットが置かれている。

少年に言われた自宅の入り口を探していると、ミニキッチンがあるパーテーション奥を指差された。

「あの木製の扉を開ければ三峯の家と繫《つな》がってっから。勝手に入っちゃっていいよ」

「ありがとうございます」

頭を下げて扉を開けようとしたが、金髪の彼と三峯の関係が気になって振り返った。

――三峯さんのところでお風呂に入って平然としてるってことは、愛人とか、恋人とか、そういう関係なのかな……？

疑惑の色が浮かんでしまったのだろう。髪を拭いていた少年は瑠佳の視線に首を傾《かし》げると、しばらくしてから頭を横に振った。

「違うぞ！　なんか勘違いしてるみたいだけど、俺は三峯と怪しい関係じゃないから！」

「じゃあ、どんな関係で？」

「俺はこの事務所で働いてる事務員だよ。パラリーガルって聞いたことない？　弁護士の補佐とかするやつ。それが俺の仕事。今朝《けさ》までこき使われて家に帰れなかったから、風呂を借りただけ！」

「パラリーガル……ですか？」

瑠佳は再び驚いた。

ここに勤務しているということは、少年だと思っていた彼はそれなりの年齢なのだろう。しかもパラリーガルとは、弁護士のもとで法律業務を行う人だ。弁護士秘書と呼ばれることもあると、以前読んだ本に書いてあった。

「だからね、俺は情報通でもあるんだ。特に三峯について知らないことはほとんどない。……昨日、勢い余って瑠佳ちゃんのことをどうしちゃったのかも」

意味深な眼差しを向けられ、かぁっと頬が熱くなった。

きっと彼は知っているのだ。瑠佳が三峯にされたことを。

「し、失礼します！」

彼の視線から逃れるように勢いよく扉を開けると、後ろ手に素早く閉めた。

途端、目の前に広がる光景に絶句する。

「……なに、これ？」

そこは足の踏み場もないほど散らかっていた。

フローリングの床には脱いだ服や読み散らかした新聞、経済誌などが放り捨てられ、それは奥へと続く和室まで広がっていた。

キッチンには使用済みの食器が積まれ、空になったカップ麺《めん》の容器がそこかしこに置かれている。

「ひどい……」

あまりの不潔さに瑠佳は眉間に皺を寄せた。ゴミ屋敷とはまではいかないが、その一歩手前まできている。

「三峯さん、掃除苦手なんだ」

心の中の使用人魂が刺激された。部屋を片してしまいたい。食器を洗ってキッチンをピカピカに磨きたい。

しかしそんなことをする義理もないので、ボストンバッグをリビングに置くと三峯を探した。

キッチン脇にある廊下を行くと、手前に洗面所とトイレがあった。さらに奥には扉が二つあり、玄関もある。

「3LDKなのかな？」

間取りを把握し、薄く開いた扉を開けた。

すると羽毛布団を抱き込み、ワイシャツとスラックス姿のまま、ベッドで寝ている三峯を見つけた。

「…………っ」

身体が強張る。

彼のことを怖いとは思わない。

しかし複雑な思いが去来する。

処女を奪われ、精液で汚され、芽吹く命を流させた。

――なぜ、僕はここへ来たんだろう？

急に冷静になった。

本当なら、もう二度と会わない方がいい。

自分を不安にさせ、奪うだけ奪って、何もかも壊していく男。

彼があんなことをしなければ、秋廣がおかしくなることも、自分が職を失うこともなかった。

それなのに、当たり前のようにここへ来てしまった。

「来い」と言われたから来たというのもある。

だけど理由がそれだけじゃないことも、薄々自覚していた。

彼の事務所を何度も何度も地図アプリで検索し、思いを馳《は》せたように……。

「——瑠佳?」

気配に気づいたのか。三峯がむくりと起き上がった。ぼさぼさの髪を掻き上げて、無精ひげの生えた顎を撫でながら、大きく欠伸《あくび》をする。

「思ったよりも早く来たな」

自分の行動が織り込み済みだったことに多少の悔しさを感じたが、何も言わずに彼を見つめる。

「こっちに来い」

素直に従う。リビングよりは幾分片づいている寝室に足を踏み入れた。

しかし伸ばされた彼の手を瑠佳は取らなかった。

「どうした?」

表情も変えず、自分を見つめる瑠佳を怪訝《けげん》に思ったのだろう。眉を寄せると、三峯は首を傾げる。

「昨夜《ゆうべ》、秋廣様がお屋敷で暴れて、部屋がめちゃくちゃになって。お医者様がいらっしゃって、鎮静剤を打っていただきました。せっかくのお誕生日だったのに、あなたのせいで台無しになりました」

　おとなしく三峯は瑠佳の話を聞いていた。その表情には驚きも後悔も浮かんではいない。

「秋廣様は汚い言葉で僕を罵って、正気を失われて。だから岸田邸を出ました。住むところも職も失いました」

「そうか」

　向けられた彼の眼差しを、瑠佳は真っ直ぐ受け止める。

「アフターピルも飲みました。僕は自らの意志で、あなたの子どもになるかもしれない細胞を流したんです」

　怒りを感じているはずなのに、淡々とした自分の声に驚いた。

　瞬きをすると温かいものが頬を伝って、ベッドを下りた三峯に深く抱き込まれる。

「つらい思いをさせて本当にすまなかった。これからは俺がお前を大事にする。だから安心してここにいればいい」

　噛み締めた唇が戦慄《わなな》く。

　息を詰めて涙を堪《こら》えた。

　しかし彼の温もりが凝《こご》っていた心を溶かし、張り詰めていた緊張の糸を緩ませていく。

「全部、あなたのせいです」

「わかってる」

「責任とって、僕に職と住む場所を紹介してください」

「だったらこの家に住めばいい。仕事は弁護士事務所の事務なんてどうだ？　先月手伝いのばあさんが辞めちまって、手薄になってんだ」

「二十四時間、大嫌いなあなたと顔を合わせなきゃいけないんですか？」

「そうだ。二十四時間、大嫌いな俺と一緒にいろ」

「そのことに、なんのメリットがあるんです？」

「お前にはないかもしれんが、俺は嬉しい」

「なんですか、それ？」

「瑠佳だって本当は嬉しいんだろう？　俺といれて」

「うぬぼれないでください。あなたなんか大嫌いです」

「今はそれでいい。俺を嫌いでいいから傍にいろ。いつか『大好き』って言わせてやるから」

「絶対に言いません。天地がひっくり返ったって言いません」

「相変わらず強情っぱりだな」

笑われて、拗《す》ねた瑠佳は鼻を啜《すす》った。

同時に三峯の香りが身体中を満たす。

『運命の番』の匂いに安心して、一瞬で気が抜けた。

昨日はいろいろありすぎた。

それなのに一睡もしていない。

気力だけでここまで来た。

がくりと膝から力が抜け、跪《ひざまず》く。

「どうした？」

心配そうに顔を覗き込まれ、一言呟いた。

「……眠い」

朦朧《もうろう》としだし、今にも意識が落ちてしまいそうだ。

また三峯に馬鹿にされると思ったが、彼は何も言わずに瑠佳を横抱きに抱え上げた。そしてベッドに寝かせると、当然だというように隣に転がる。

「疲れたんだろう、好きなだけ寝ろ。仕事は明日からでいい。今はとにかくゆっくり休め」

腕枕《うでまくら》をされ、抱き締められる。

無意識のうちに彼の胸に額を擦《こす》りつけていた。

まるで甘える子どものように。

自分を犯したひどい男なのに……。

彼の腕の中で、夢も見ないほどよく眠った。

＊＊＊

一番最初に取りかかった仕事は、三峯の部屋を掃除することだった。

腕まくりをし、自前のエプロンを身に着け、マスクと手袋を装着し、一気に汚部屋を片づける。

すべてのゴミを処分してみると、彼の部屋はずいぶんシンプルだった。

リビングにはテレビと大型の黒いソファー。四人掛けのダイニングテーブルに少ない食器。和室には何もなく、寝室にはダブルサイズのベッドだけ。

もう一つの部屋は書庫になっているらしく、和書や洋書が無造作に置かれていた。しかも法律や経済に関する本ばかり。

——もしかして、三峯さんって仕事人間なのかな？

趣味らしいものが何もない部屋を見渡す。

良く言えばストイック。

悪く言えば無味乾燥。

瑠佳はボストンバッグからプリズムを取り出すと、キッチンカウンターの上に置いた。

それだけで部屋が華やぐわけではないけれど、何もないよりはマシだろう。

窓から差し込む光が七色に分散され、少しだけ部屋を鮮やかに染めた。


三峯の家へやってきて三日目。

瑠佳は本格的に彼の事務所で働き出した。

最初から難しいことは要求されず、電話の対応や客へのお茶出し、レシートや領収書の整理など簡単なことばかりだ。

一方、三峯とパラリーガルの結以《ゆい》カノンは忙しそうだった。

彼らの働きぶりを見ていると、本当に弁護士は多忙だと思う。

瑠佳が来た日がイレギュラーだったらしく、普段は朝八時には机につき、三峯は仕事を開始する。

メールの確認や依頼人からの電話対応に始まり、裁判に出席するため東京地裁や最高裁へ赴くのは毎日だ。

瑠佳はまだ手伝ったことはないが、過去の判例などを調査して分析するリーガルリサーチという作業もあり、これはおもにカノンの仕事だった。

小さな個人事務所なので、ついつい閑古鳥が鳴いているのかと思ったが、企業の顧問弁護士を務める傍ら、国選弁護も引き受けている彼らは抱える案件も多い。

「国選弁護なんて、金にもならねぇ仕事をよくやるぜ」

カノンは呆《あき》れ気味だったが、

「金がある人には誰でも手を差し伸べる。でも金のない人には手を差し伸べない。こういう仕事こそ弁護士の醍醐味《だいごみ》だろう」

笑いながら三峯は言った。

「金はあるところからもらえばいい」

依頼人に寄り添い、真摯《しんし》に仕事をする様子を見て、瑠佳は彼を見直すようになった。

――ただの悪徳弁護士じゃないのかも……。

秋廣の話だけでなく、実際に彼が働く姿をもっと早くに見ておけばよかった。

しかし、父親が亡くなった日。なぜ三峯の残り香が自宅にあったのか。

その疑問は今でも拭えない。


新しい仕事や生活に馴染み出したのは、ひと月ほど経った頃だ。

書類の管理も任されるようになり、少しずつできる仕事も増えた。

電話の対応もまごつかなくなったし、もともと得意だったお茶出しはさらにスムーズになった。

秋廣は洋菓子が好きだったので、それに合わせて紅茶を美味しく淹れることを探究してきたが、じつは瑠佳は和菓子が好きだ。時間がある時は一人で抹茶をたてて飲んだりもする。

事務所に来た人に抹茶を出すことはないが、最近は美味しい煎茶《せんちゃ》の淹れ方を勉強しているところだ。

今日も朝八時から仕事をしていた三峯は、メールチェックを済ませると鞄《かばん》を摑んで立ち上がった。

「おっはよー……って、もう出かけんのかよ」

「あぁ、東京拘置所に接見に行ってくる」

「いってらー」

「いってらっしゃい」

出勤してきたカノンと入れ違いに、事務所を出ていく背中を見送る。

朝の家事を終え、瑠佳も事務所の自席についた時だった。

一旦出ていきかけた三峯が戻ってきて、瑠佳の頭をくしゃっと撫でる。

「留守番、頼んだぞ」

「あ、はい」

目元を細めて瑠佳を見ると、慌ただしく彼は事務所を出ていった。

「ほんと、瑠佳ちゃんは三峯に愛されてるよねー」

黒革のライダースジャケットにロックバンドのTシャツ。細身のダメージジーンズという格好をしたカノンが笑う。パンキッシュなスタイルが彼のトレードマークだ。

「別に、愛されてなんか……」

「またまたぁ。あの仕事人間が執着みせるの、瑠佳ちゃんだけだよ」

向かいの机に座ったカノンは、瑠佳と三峯の関係を面白がっている節がある。

二十八歳だという彼は、とても年上に見えない。瞳が大きく童顔な瑠佳も実年齢に見られることはないが、それに比べてもカノンは、ベータ男性とは思えないほど華やかな容姿をしていた。

ここでの生活は、とても快適だった。

マンションの二部屋を購入し、改築したという事務所兼自宅は、瑠佳のライフスタイルにとても合っていた。通勤のために外出しなくても済むからだ。食料品や生活雑貨は買いに行かなければならないが、近所に商店街もあり、遠出をしなくてもいい。

せっかく新天地に来たのだから、世界を広げたい気持ちもあったが、つい先月見知らぬアルファに強姦されかけたので、まだ不用意に外に出るのが怖い。

「なぁ、あいつ野菜食ってる？」

書類を清書していた時だった。カノンに話しかけられてパソコンから顔を上げた。

「野菜、ですか？」

「うん。三峯ってさ、立派なガタイしてるくせに味覚は子どもじゃん。特に野菜は大嫌いで、カレーに入ってる人参まで避けるだろ」

「そうですね」

瑠佳は笑った。岸田邸で夕食を食べていた時も、三峯はほとんど野菜に手をつけなかった。

「なのにさ、ここんとこすっげぇ肌艶《はだつや》いいからさ。瑠佳ちゃんの愛情いっぱいの手料理のおかげで、野菜が食えるようになったのかなぁって」

「愛情いっぱいじゃないですけど、野菜は食べてもらうようにしてます。その工夫もしてるし」

「工夫って？」

「うーんと、人参やしいたけをみじん切りにして、ハンバーグに混ぜたり。ピーマンは苦味が出ないよう、輪切りにしたり。かぼちゃやごぼうはポタージュにして、甘味を引き出したり……」

「マジか？　そんなに手間暇かけてあの男に食べさせてんの？」

「三峯さんがどうなろうと知ったことではないですけど。一応、『雇用主』で『家主』なので。栄養失調になられては困ると思って、食事には気を遣ってます」

「『雇用主』で『家主』ねぇ。ほんと、瑠佳ちゃんは素直じゃないなぁ」

「素直も何も、本当のことを言ってるだけです！」

「はいはい、わかりました」

カノンに笑われて、頬を膨らませた。

しかし、三峯の肌艶が良くなったのは本当だ。

瑠佳は調理師免許を持つほど料理が好きだ。岸田邸には専属のコックがいたので、デザートを作るぐらいしか腕を振るう機会はなかった。しかし三峯と一緒に暮らし出してからは、彼の体調を考えて朝晩欠かさず食事を作っている。

この一カ月、三峯との関係に大きな変化はない。

布団を買ってもらったので、今は和室で寝起きをしている。

だから彼のベッドで眠ったのは初日だけで、それ以降は掃除以外で寝室に入ったことはない。

セックスだってあの時以来していないし、キスすらしていなかった。もちろん、甘い雰囲気になることもない。

それを寂しいと思う気持ちはなかったが、無性に彼に触れたくなって仕方ない時がある。

無意識に三峯に手が伸びて、はっと我に返って引っ込めることもしばしばだ。

――これも、『運命の番』だからかなぁ……。

彼の香りがそうさせるのか。

それとも他に理由があるのか？

心の奥底を知るのが怖くて、瑠佳は途中で考えるのをやめた。どちらにせよ、自分は三峯が嫌いなのだから。

壊すだけ壊して、奪うだけ奪って、何も構築してくれない男。

『運命の番』だなんて、絶対に認めたくない。

気持ちを切り替えるように息を吐き、書類の清書を再開した。

すると電話が鳴って、反射的に受話器に手を伸ばす。

「お電話ありがとうございます。三峯隼人法律事務所です」

『いつもお世話になっております。藤咲《ふじさき》です』

「あっ、はい、お世話になっております」

よく通る澄んだ声をした男性だった。しかし初めて聞く名前だったので、慌ててメモを取る。

『三峯先生はいらっしゃいますか？』

「申し訳ございません、ただいま外出しておりまして……」

『ではお戻り次第、私どもの事務所までお越しくださいますよう、ご伝言願えますか？』

「はい、承知いたしました」

受話器を置き、三峯宛に伝言メモを書く。しかし事務所の住所を聞き忘れたことに気づいて、「あっ！」と瑠佳は声を上げた。

「どうした？」

カノンが心配げに訊ねてくる。

「あの、藤咲さんっていう方から電話だったんですけど。『事務所に来てほしい』って言われたのに、住所を訊くのを忘れてしまって」

「あぁ、大丈夫だよ。藤咲って時任組若頭補佐だ。事務所の場所なら三峯がよく知ってる。だから『来いって言われた』って伝えるだけでいいよ」

「……時任組、若頭補佐」

聞いた瞬間、ひゅっと呼吸が詰まった。

父親が借金をしていた、ヤミ金の運営母体。

父親を、殺したかもしれない相手。

睫毛が震え、小刻みに瞳が揺れ出した。

鼓動が速まり、息が苦しくなる。

しかし激しい動揺をカノンに悟られないよう、平常心を保った。

父親の死に、時任組が関与しているかもしれないという疑惑は、誰にも話していなかった。けれどもキーボードを打つ手は震え、作業は一向に進まない。

「戻ったぞ」

その時、三峯が帰ってきた。

「おーい、三峯～。もしかしてスマホの電源オフにしてた？」

「あぁ、接見中だったからな」

「時任組の藤咲さんから電話があったぞ」

「そうか」

カノンの言葉に表情一つ変えることなく、平然と彼は返事をした。このことから、三峯が長いこと暴力団の弁護士を続けているのだとすぐにわかった。

「なんかまた揉め事が起きたんじゃゃね？」

「かもな。とりあえず行ってくる」

机の上にあった書類をいくつか鞄に詰めると、三峯はまた事務所を出ていこうとした。

立ち上がり、その腕をとっさに掴む。

「あのっ！」

「なんだ？」

怪訝そうな眼差しに一瞬怯んだ。

「えーっと、あの、僕も……僕も連れて行ってもらえませんか？」

「はぁ？」

声を上げたのはカノンだった。

「なんで瑠佳ちゃんが、時任組の事務所に行くんだよ？」

「そ、それは……ほら、あれです！　ヤクザさんってドラマとか映画でしか見たことないから。だから本物のヤクザさんを見てみたいっていうか、興味があるっていうか……」

自分でも苦しい言い訳だと思った。笑顔が引き攣っていることもわかる。でも実際に時任組の事務所に行けば、父親の死に関することが何かわかるのではないかと思った。ただの勘でしかないが……。

三峯は必死な瑠佳の瞳をしばし見つめると、諦めたように嘆息した。そして顔を近づけると、耳裏の匂いをすんっと嗅ぐ。

「発情期抑制剤、ちゃんと飲んでるな」

「はい！」

「俺の傍を、絶対に離れないって約束できるか？」

「もちろんです！」

「おい、本当に瑠佳ちゃん連れて行くのかよ！」

慌てるカノンに、三峯は肩を竦める。

「仕方がないだろう。好奇心が騒いでしょうがないっていうんだから。それにこいつは可愛い顔して頑固者だからな。ここで連れて行かなかったら一生恨まれる」

急いで支度しろと言われ、コートを取ってくると三峯と事務所を出た。

後ろから、「気をつけるんだぞー！」というカノンの声が聞こえた。


「以前から思ってたんですけど、三峯さんって、素敵な車に乗ってますよね」

「あぁ？　これか？」

助手席に座る瑠佳の言葉に、三峯はハンドルを握ったまま答える。

彼の車は国産高級車のセダンだ。しかも色は黒。ハイグレードなブランドから、近づきがたい雰囲気がある。

「別に乗りたくて乗ってるわけじゃない。こういう仕事してると、『この弁護士は稼いでるかどうか？』で信用度を判断する依頼人が多い。特にヤクザなんか相手にする時は気を遣う。下手な格好してたら、すぐに足元見られちまうからな」

「そうなんですか」

瑠佳にはよくわからなかったが、早い話が依頼人に舐められないよう、箔《はく》をつけるために乗っているということだろうか。

車は山手通りをスムーズに走り、ものの十分ほどで歌舞伎町《かぶきちょう》に着いた。

ここには時任組の本部があって、若頭の国枝《くにえだ》と側近たちが詰めているという。

「いかにも……ってところに事務所はあるんですね」

瑠佳の感想に、三峯も笑う。

「だな。風俗店が立ち並ぶ繁華街に事務所は多い。大事な資金源になるみかじめ料も集金しやすいからだろう」

二人は細く長い雑居ビルのエレベーターに乗り込み、最上階に向かった。

心臓がどっどっどっ……と鳴るほど緊張して、瑠佳はごくりと唾を飲み込んだ。

知らないうちに三峯のスーツの裾《すそ》を握っていた。

――この先に、父さんを殺したかもしれない人たちがいる。

そう思ったら、緊張しない方が無理だった。

ノックをすると、眼光の鋭い男が扉を開けてくれた。白いスーツに黒いワイシャツという、映画に出てきそうなチンピラそのものの格好だ。

黙したまま事務所へ通される。空気が張り詰めたものに変わった。

「よう、三峯先生。元気にしてたかい」

事務机が並ぶ、オフィスのような場所に彼らはいた。

若い男が数人と、眼鏡《めがね》をかけた端整な男が一人。そして黒いスーツを纏った恰幅《かっぷく》の良い中年男性が、三人掛けのソファーの中央にどっかりと座っていた。

「まぁまぁ遠慮せず、楽になさってくださいよ」

促され、三峯と一緒に向かいのソファーに腰を下ろす。

中年男性はふくよかな顔に笑みを浮かべると、瑠佳と三峯にお茶を勧めた。物腰も穏やかで、想像していたヤクザの若頭とはちょっと雰囲気が違う。

最初は天気の話や景気のことなど、他愛《たわい》もない会話が続いた。

しかし見計らったように端整な男が、三峯の前に一通の封筒を差し出した。

「先生、裁判所からこんなものが届きました」

澄んだその声に聞き覚えがあった。きっと彼が先ほど電話してきた、藤咲という男なのだろう。

「拝見します」

『特別送達』と印が押された窓空き封筒から、三峯は中身を抜き出した。

用紙は二枚入っていて、一枚目は送付状。そして二枚目には『期日呼出状』と書かれていた。

「頭書の事件について、当裁判所に出頭する期日及び場所は下記の通り定められました。出頭してください……」

書かれていた文面を瑠佳は読み上げる。

「先生にも先日お話ししましたよね。うちの若いもんが恐喝罪で捕まったって」

タヌキのようにふくれたお腹を摩り、若頭が口を開いた。

「えぇ」

「そいつは出頭して実刑を食らったんですがね。どうやら上に立つもんとして、私にも責任があるとかなんとか言ってきまして。向こうの弁護士さんからお話があったんですよ」

「使用者責任の損害賠償ですね」

「はい」

横に立っていた藤咲が話を引き取った。相変わらず澄んだ綺麗な声をしている。

「ですが先方はなかなか強気でして。ヤクザを目の敵《かたき》にしているのか、到底飲めない法外な金額を提示してきました」

「なるほど。それで俺が呼ばれたということですか」

「お恥ずかしいことです」

すらりと背の高い藤咲は、綺麗に腰を折る。

「現在私たちの母体である御堂会東郷組が、次期組長選を前にごたついていることはご存知だと思います。組長選にはうちの若頭……いえ、国枝も名乗りを上げていまして」

「みたいですね。先日二代目桔梗《ききょう》会の坂内《ばんない》さんから聞きました」

「そうですか。ならば話は早い」

　わからない人物名や組の名前が出てきて、瑠佳はぽかんとする。しかし彼らは共通の情報を持っているらしい。

「なので、今は小さな波風すら立てたくないんです。少しでも隙を見せれば、どこから刺されるかわかりませんからね。ですからこんな些末《さまつ》なことで足元を掬《すく》われたくないし、裁判も長期化させたくない。こんな真っ当なことを、私どもが言うのはおかしいですか？」

「そんなことないですよ。暴対法が敷かれた今じゃ、若中のしくじりも幹部や組長のせいにされる。警察は隙を見て十把一絡げに捕まえたいでしょうから。大事な組長選を前に、少しでも火の粉を払いたい気持ちはわかります」

「お察し、ありがとうございます」

　藤咲は薄い唇に笑みを浮かべたが、その目は笑っていなかった。

「うちは組員二千人を抱える大所帯です。若中の失態など日常茶飯事ですが、揉め事を大きくされては困ります。万が一にも弁護団など結成されて国枝が捕まれば、時任組は力を失い、分裂するでしょう」

「またまた。頭が切れる藤咲さんがいれば、時任組は安泰なのでは？」

「恐れ入ります」

　口調や対応は丁寧だが、藤咲の蛇のように鋭く人を見る目を、瑠佳は素直に怖いと思った。

「まぁ、今のところ大きな問題になることはないでしょう。裁判所もそこまで暇じゃない。きっと和解案が出されると思いますよ。ただ検察が乗り出してくるとやっかいなことになるので、被害者側の弁護士に会って確認してみます。連絡先などわかりますか？」

「はい、少々お待ちください」

藤咲がその場を離れると、国枝は瑠佳に視線を向けた。

「ずいぶんと可愛いオメガを連れてらっしゃる。先生の恋人で？」

「いいえ、先日から働いてもらっている事務員です。料理も掃除もできて優秀ですよ」

出された茶を一口啜ると、三峯は微笑を浮かべた。

「ほう、私もそんな助手がほしいですな」

「あげませんよ、気に入ってるので」

「それはずいぶんとご執心だ」

豪胆に笑った国枝に、瑠佳は身の置きどころがなくなる。しかも三峯の「気に入っている」という言葉に頬が熱くなった。

「こちらになります」

藤咲に差し出された名刺を確認すると、三峯はスーツの内ポケットにしまった。

「では詳しいことがわかり次第、またご連絡します」

「よろしくお願いします」

藤咲をはじめとする組員に深々と頭を下げられ、瑠佳は戸惑ってしまう。しかし三峯は慣れているのか、会釈をすると事務所を出た。

詰めていた息を一気に吐き出す。ずっと握っていたスーツの裾から、やっと手を離すことができた。

「緊張したか？」

「はい、とっても」

「そんなに緊張するとわかってて、なぜついてきた？」

「えっ？」

「本物のヤクザが見たいなんて、ミーハー根性でここまで来たわけじゃないだろう？」

鋭い言葉に言い返せなかった。

三峯は、もしかしたら何かに気づいているのかもしれない。

「まぁいいさ。いずれわかることだ。そうだ、腹は減ってないか？」

「あ、そういえば……」

昼間から不気味な賑わいを見せる歌舞伎町を歩きながら、瑠佳はスマートフォンで時刻を確認した。もう昼の一時を過ぎている。

「とんかつ茶漬けでも食って帰るか」

「なんですか？　その奇妙な食べ物は」

眉間に皺を寄せ、首を傾げた。

「知らないのか？　とんかつ茶漬けっていったら歌舞伎町の名物だぞ」

「初めて聞きました」

「じゃあ食っとかないとな。俺のおごりだ。遠慮はするな」

肩を組まれて、心も身体もびくっと跳ねた。

こんなに密着するのは、一緒に眠った時以来だ。

ドキドキと鼓動が速まり、体温がふわりと上がる。

こんな自分を知られたくなくて、無理やり三峯を剝《は》がした。

「暑いから近づかないでください！」

「暑いって、もう十一月だぞ？　どんだけお前は暑がりなんだよ」

笑われて、さらに体温が上がった。

「ほら、あそこがとんかつ茶漬けの店だ。美味いぞ」

手を握られ、ぶわっと汗をかく。

きっと緊張していることが、三峯にもばれてしまっただろう。

しかし彼は何も言わずに瑠佳を引っ張っていくと、店の中へ入った。

三峯と初めて一緒に食べたとんかつ茶漬けは、想像以上に美味しかった。

三峯の用事に付き合って、事務所へ戻ってきた頃には夕方になっていた。

結局、時任組の件については何も収穫はなかった。収穫も何も、自分は三峯のスーツの裾を握ったまま、傍観していただけだったが。

「ただいま戻りました」

三峯に続いて事務所へ入ると、広い背中に鼻をしたたか打ちつけた。突然彼が目の前で立ち止まったからだ。

「ちょっと三峯さん！　急に止まったら危ない！」

鼻を摩りながら文句を言った時だ。

「――瑠佳」

鼓膜を震わせる優しいテノールボイスが聞こえて、目を見開いた。

「秋廣……様？」

応接用のソファーから立ち上がった彼は、穏やかな笑みを浮かべている。その横で、お茶を出していたカノンが困惑したようにこちらを見た。

「どうして……ここに？」

信じられない気持ちで問いかけると、夕日を背にした秋廣は笑みを深めた。以前に比べて、少しやつれたように見える。

「瑠佳が考えることはなんでもお見通しだよ。三峯のところにいるのはわかっていたけど、なかなか帰ってこないから。心配で迎えに来たんだ」

「迎えに……ですか？」

「あぁ」

大好きな優しいあの笑顔で、彼は真っ直ぐ手を差し伸べた。

「帰ろう。僕たちの家へ」

「僕たちの……家」

口汚く罵った面影など、もうどこにもない。そこにいるのは、いつも自分を可愛がってくれた尊敬する主。

美しく白い手指は、瑠佳に握られることを当然のように待っている。

反射的に足が一歩前へ出た。気高くて尊くて、凜《りん》とした主に従うことを本能は選んだのだ。

しかし、瑠佳と秋廣の間に三峯が割って入る。

「悪いな、秋廣。お前に瑠佳を返すつもりはない」

「……三峯っ」

穏やかだった主の顔が一変した。頬を引き攣らせ、唇を噛み締め、闘犬のように鋭く三峯を睨む。

「お前はなんにもわかってない！　わかってないのに、僕と瑠佳の間に割り込むな！」

「わかってるよ。お前が瑠佳をどう思っているかも、全部わかってる。だから余計に返せないと言ってるんだ」

「それは『運命の番』とかいうまやかしを、信じてるからか？」

息を呑んだ。

知られていないつもりでいたのに、秋廣は二人が『運命の番』であることに気づいていたのだ。

「信じているからこそ瑠佳を抱いたんだ。遊びでも、衝動だけでもない。この世でたった一人の番だから、あの時瑠佳を抱いたんだよ」

秋廣の怒りが空気を伝わり、肌がピリピリした。

あの夜がフラッシュバックする。彼が発狂し、咆哮を上げ、平穏が崩れた瞬間を。

「秋廣様……」

落ち着いてもらいたくて、口を開いた時だ。

「噛んだのか？」

押し殺した声で、秋廣が問いかけた。

「もう、瑠佳の首は噛んだのか？」

「まだだ。お前がご丁寧に首輪を着けてくれたからな。でも近いうちに噛むつもりだ。番になろうと思う」

「首輪の鍵は、僕が持っているというのに？」

酷薄に秋廣は微笑んだ。

確かに鍵は彼が持っている。

本当は秋廣と結ばれるつもりでいたのだ。

だから自分の純潔を預ける意味も込めて、鍵を彼に託した。

しかし、この問いに三峯は答えない。

けれども強い意志は彼の背中から伝わってきた。

きっと三峯は、本当に番になろうと決めているのだ。

「さぁ、帰るよ瑠佳。みんなが待ってる」

さっきまでの殺気は消え、秋廣はふんわりと微笑んだ。

再び手を差し伸べられて、ふらふらと近づく。

「行くな、瑠佳」

三峯に呼び止められ、振り返った。

「瑠佳」

「瑠佳！」

二人に名前を呼ばれて、どうしたらいいのかわからない。

激しく心が揺らいで、秋廣と三峯の顔を交互に見た。

その時、切なげに秋廣に見つめられ心が抉《えぐ》られる。

「お前は僕の天使だろう？　瑠佳」

槍《やり》のように言葉が突き刺さる。

「……申し訳ありません、秋廣様」

痛む胸を押さえて、瑠佳は俯いた。

「僕はあなたの天使ではなくなってしまいました。三峯さんに抱かれた僕はもう、秋廣様のお傍にはいられません」

そうだ。自分は秋廣の天使ではなくなってしまった。

三峯に純潔を散らされ、翼を折られ、穢れた身体になってしまったのだ。

こんな自分は秋廣の傍にはいられない。

穢れた自分が傍にいれば、また彼を精神的に追い込んでしまう。

「ごめんなさい……本当にごめんなさい……」

あんなに清らかでいるように言われたのに、彼との約束を守れなかった。

「瑠佳……」

秋廣の瞳が、急速に色を失っていく。

「もういいだろう。答えは出た」

二人の間で頽《くずお》れた瑠佳を見て、三峯が口を開く。

「お前は僕の想いを知っているのに、それでも瑠佳を離さないというんだね」

「あぁ」

三峯の言葉に悔しげに奥歯を嚙み締めると、秋廣はコートを摑んで事務所を出ていった。

「秋廣様……」

扉が閉まる音を聞きながら、強く身体を抱き締める。

秋廣のあんなにも失望した目は見たことがない。

主だった男の痛みが、自分のことのように感じた。

「お前がここに残ってくれてよかった」

傍らに跪いた三峯を、思いの限り睨みつける。

「あなたのために残ったんじゃない！」

「そうだな。お前がここに残ったのは俺のためじゃない。秋廣のためだ。でも、もしもお前があいつのもとに戻っていたら……」

「戻っていたら？」

怒りに戦慄く唇で訊き返すと、強く抱き締められた。

「力尽くで、お前を奪い返してた」

「……っ」

涙に顔が歪んだ。

こんなにも許せない男なのに。

自分と秋廣を引き裂いた、世界で一番憎い男なのに。

それでも瑠佳は抱きつくと、愛しかった主を忘れるように声を上げて泣いた。

【4】運命の番《つがい》

SNSを通じて鞠子からメッセージが届いたのは、それからしばらく経ってのことだった。

秋廣の精神状態は今も不安定で、部屋に引きこもっているそうだ。しかし仕事にはなんとか行っているので、心配はしないでと書かれてあった。そして最後に『たまには顔を見せてね』と追伸があり、無性に屋敷が恋しくなった。

鞠子からのメッセージを思い出して、ふと料理する手が止まる。

今夜のメニューはメンチカツだ。

シュワシュワと泡が上がる油の中、こんがりとキツネ色になったメンチカツに気づいて、慌てて菜箸《さいばし》で取り出す。

「熱っ！」

その時油が跳ねて、ほんの少しだけ手の甲を火傷《やけど》してしまった。

「大丈夫か？」

リビングのソファーで夕刊を読んでいた三峯が、慌てたようにキッチンに飛んでくる。

「大丈夫です。料理をしていれば、これぐらいよくあることなので」

赤くなった手の甲を摩《さす》っていると、手首を摑《つか》まれて蛇口から流れる水で冷やされた。

「あの、本当に平気ですから」

「お前が平気でも、俺が平気じゃない。綺麗《きれい》な身体《からだ》に傷跡一つ残してみろ。本気で怒るからな」

笑ってはいたが、その目は真剣だった。

三峯と暮らし出して二カ月。

二人の距離はずいぶん近くなったと思う。

何より彼は、瑠佳に対してのみ、とても過保護な男だった。

平日は仕事があるのでべったりではないが、休日の買い物には必ずついてくる。抑制剤を飲んでいても、発情期中は絶対に一人で外出させない。重たい荷物は持たせないし、何かというとすぐにお姫様抱っこをしたがる。

定時で仕事も上がらせるし、彼は瑠佳が働くよりも、家事をしていることを好んだ。エプロンを着けて家の中を動き回っている姿がいいと、臆面《おくめん》もなく言う。

——僕は三峯さんの奥さんじゃないのに。

納得いかない部分もあったが、瑠佳も家事は好きだったので、『雇用主』で『家主』の三峯のために食事を作り、家を綺麗に保っていた。

「うん、美味《うま》い！」

ダイニングテーブルに向かい合って座り、メンチカツを頬張《ほおば》る三峯を眺めた。

「ポテトサラダも、きゅうりとトマトのバジル和《あ》えもちゃんと食べてくださいね。角切りにしたクリームチーズも入れたので、美味《おい》しいですよ」

「お前さ、俺が野菜苦手なの知ってて、ここぞとばかりに出してくるよな」

「何言ってるんですか。いい大人のくせして野菜が苦手なんて。子どもみたいなこと言ってないで、なんでも食べてください」

三峯の取り皿にバジルソースを纏《まと》ったトマトを載せると、彼はあからさまに眉《まゆ》を顰《ひそ》めた。

しかし瑠佳は、三峯が絶対に野菜を食べてくれる方法を知っている。これは奥の手なのでカノンにも教えなかったが。

「はい、三峯さん。あーんして」

自分の箸でトマトを摘《つ》まみ、三峯の口元まで持っていく。すると彼は嬉《うれ》しそうに口を開けて、トマトを一口で食べてくれた。

――まったくもう。中身はほんと子どもなんだから。

メンチカツほどではなかったが、美味しそうに咀嚼《そしゃく》する三峯を見る。

「今度はきゅうりですよ。あーん」

きゅうりを摑み、再び三峯の口元まで運ぶと、彼はまたおとなしく食べてくれた。まるで親鳥からエサをもらう雛《ひな》のようだ。

自分で言うのもなんだが、三峯はゾッコンだ。

デレデレせずに、もう少し顔を引き締めてほしいとさえ思う。せっかく精悍《せいかん》な面立ちをしているのだから。

しかしそれと同時に、本当に自分は愛されているのだと実感する。

秋廣もとても大切にしてくれたが、三峯はその上を行く。

最初に話した通り、ほぼ二十四時間一緒にいるし、毎日夜も同じ布団で眠りたそうにあの手この手で誘惑をしてくる。

何度か「一緒に風呂《ふろ》に入るか？」と誘われたが、丁重にお断りした。どんなに鈍い瑠佳でも、自分にデレデレな彼と風呂に入ったら、何をされるか容易に想像できたからだ。

「瑠佳、今度はポテトサラダ」

「もう、ちゃんと自分で食べてください」

野菜は食べさせてもらうものだと認識してしまったのか、三峯は当然のように口を開ける。

苦笑しながら、丹精込めて作ったポテトサラダを彼の口へ運んだ。内心、本当に野菜が嫌いなんだろうか？　と思うほど、幸せそうな笑みを浮かべながら食べてくれる。

そんな三峯の表情を、温かい気持ちで見つめた。

瑠佳は自分が作った料理を、こんなにも美味しそうに食べてくれる人がいる幸せを、しみじみと噛《か》み締めたのだった。


食後、抹茶ラテを飲みながら二人でテレビを観ていた時のことだ。

「あ……」

今話題の映画のＣＭが流れて、思わず呟《つぶや》いていた。

「映画、観たいなぁ」

「それじゃあ、なんか観るか？」

小さな呟きを聞き逃さなかったのだろう。三峯は手元にあったタブレット端末を操作すると、動画配信サイトのアプリを起動し、ブラウザソフトを使ってテレビ画面に映し出した。

「そうじゃなくって」

瑠佳は苦笑した。

「僕、映画館って一度しか行ったことなくて。それもずいぶん昔のことで、記憶も曖昧《あいまい》なんです。でもすっごく大きな画面に圧倒されて、ポップコーンも美味しくて。とても楽しかったことだけは憶《おぼ》えています」

「映画館、一度しか行ったことないのか？」

「はい。母親も早くに亡くなってしまったし、父親も忙しかったので。それにずっとルフュージュにいたから、あんまり外の世界を知らないんです」

世間知らずぶりを露呈してしまったようで、恥ずかしくなって俯《うつむ》いた。

「他に何がしたい？」

「えっ？」

ソファーの隣に座る三峯に問われ、顔を上げる。

「映画館に行く以外、どんなことがしてみたい？」

「えーっと……」

戸惑いつつも、マグカップを両手で包みながら考えた。

「遊園地や……水族館に行ってみたいです。あとパチンコ屋さんや競馬場とか、ちょっと悪いところにも行ってみたい」

「別に、パチンコ屋も競馬場も悪いところじゃないだろう？」

三峯に笑われ、瑠佳もくすくすと笑った。

「そうですね。でもルフュージュでは賭《か》け事が一切禁止だったから。なんとなーくパチンコ屋さんも競馬場も、入っちゃいけない気がして」

自分の拙《つたな》さに再び恥ずかしくなっていると、頭を撫《な》でられた。

「お前はもう自由なんだから、どこにだって行ける。まぁ、悪い遊びを覚えちまうのはどうかと思うが。今度の日曜、行ってみるか？」

「どこへ？」

「全部を一気に回ることはできないが、とりあえず映画館と水族館と競馬場でどうだ？」

この言葉に、瑠佳の瞳《ひとみ》は輝いた。

「本当に、連れて行ってくれるんですか⁉」

「お前が行きたいっていうなら」

「行きたいです！」

勢い込んで身を乗り出すと、嬉しそうに三峯は目を細めた。

「じゃあ、デート決定だな」

＊＊＊

翌週の日曜日、三峯は約束通りデートに連れて行ってくれた。

前日からそわそわして、あまりよく眠れなかった。

映画館だって水族館だって、きっと一人で行こうと思えば行けただろう。しかしルフュージュにいて、岸田邸から出ることなく人生の半分を過ごした瑠佳にとって、一人で知らない場所へ行き、チケットを買って入場するなんて、とてつもなく高いハードルだった。でも、世慣れている三峯が一緒なら安心だ。心強さは計り知れない。

連れてきてもらった映画館には、水族館も併設されていた。

まずは、瑠佳待望の映画を観ることにした。ロングランを記録し、国民の八人に一人は観たと話題になっている作品だ。

あらかじめ予約しておいた中央の席に二人で陣取り、キャラメル味のポップコーンも買ってもらって、映画が始まるのをドキドキしながら待った。

「わぁ……」

巨大スクリーンで観る十数年振りの映画は、迫力があった。映像も綺麗で、音も四方八方から聞こえ、家で観る映画とは臨場感がまったく違う。

「三峯さん！　映画館ってすごいところなんですね！」

上映中の会話は禁止されているが、興奮が抑えきれず隣の三峯に耳打ちした。

「そうだな」

すると三峯にも耳打ちされ、くすぐったい気持ちで微笑《ほほえ》む。

映画は評判通り面白く、最後には思わぬ展開が待っていて、瑠佳は感動して泣いてしまったほどだ。キャラメル味のポップコーンはとても美味しく、小さなバケツほど大きなカップに入っていたのに、上映後には空になっていた。

「三峯さん！　早く、早く」

彼の手を引っ張って、隣接された水族館へ向かう。

グレート・バリア・リーフに住むという色鮮やかな魚たちや、幻想的で綺麗なクラゲ。エイやマンタ、小さなサメが泳ぐ水中トンネルに、イルカのショー。

コツメカワウソやゴマフアザラシを間近で見るのも初めてで、その可愛《かわい》さに瑠佳は身悶《みもだ》えたくなる。

昼食は瑠佳のリクエストでハンバーガーショップに入った。

ファストフード店を想像していたのだが、三峯は本格的なハンバーガーが食べられる店へと連れて行ってくれた。

「こんな大きなハンバーガー、食べきれませんよ」

アメリカのルート沿いに建つダイナーを再現した店内で、自分の手のひらより大きなチーズバーガーに弱音を吐く。

「食えるって。ここのチーズバーガーはマジで美味いんだ。見た目はデカいが、ぺろりといけるぞ」

大きく口を開け、口端にソースをつけながら食べ出した三峯に倣い、瑠佳も小さな口をめいっぱい開けてかぶりつく。

「美味しい！」

「だろう？」

自慢げな三峯に笑いつつも、あっという間にチーズバーガーを食べ終えた。口角についたソースを、じゃれ合いながら二人で拭《ふ》き合う。添えられていたフライドポテトも綺麗に平らげた。

競馬場に着いたのは、日も暮れかけた頃だ。

初めて入る公営競技場に、ほんの少しの罪悪感と好奇心で胸が張り裂けそうだった。

最終レースにはギリギリ間に合ったが、瑠佳は賭けることよりも、競走馬の美しさや会場の歓声、迫力のある馬の疾走感や夕日を反射する芝の輝きに目を奪われ、えも言われぬ感動を覚えた。

「デート、終わっちゃいましたね」

レースも見終え、競馬場を後にしながら瑠佳は呟いた。

とても濃密な一日だった。

ルフュージュのような岸田邸にいたら、映画館も水族館も競馬場も、経験することなく一生を終えていたかもしれない。

自分の世界をこんなにも広げてくれた三峯に感謝だ。

「楽しかったか？」

興奮冷めやらぬ瑠佳に、彼は問いかけた。

「はい！　とっても！」

満面の笑みで頷《うなず》くと、三峯は目を細めた。

その瞳は、何か眩《まぶ》しいものでも見るように輝いていた。


昼食を食べすぎたので、夜は軽く済まそうと、蕎麦《そば》を食べることにした。

ここも三峯の行きつけらしく、とても美味しい江戸前蕎麦を出してくれる店だった。蕎麦にも江戸前があると知って、ほんの少しだけ瑠佳は賢くなった気がした。

「もうお腹いっぱい。なんにも入りませんよ」

着ていたコートの上から腹を摩る。

瑠佳はすっかり浮かれていた。

今すぐスキップができるぐらい楽しい。

心も軽くて、街もキラキラ煌《きら》めいて見える。

実際、街は煌めいていた。

日が落ち、店のショーウィンドーからは光が溢《あふ》れ、クリスマスが近づいたこの時期はイルミネーションも美しい。

どこからともなくクリスマスソングが聞こえてきて、三峯の前を歩きながら鼻歌を歌った。そんな瑠佳を彼も楽しそうに眺めている。

「おーい、そこを左に入れ」

「はーい」

この奥には車を停めたコインパーキングがある。それをわかっていたので、瑠佳も素直に左に折れた。

「あ、あれ……？」

しかし、通りは数時間前と姿を変えていた。

目を擦《こす》る。確かにこの通りも煌めいていた。煌めいていたのだが種類が違う。

極彩色のネオンに、あからさまにいかがわしい店名。細い飲食店のビルには小さな看板がずらりと並び、歩いている男性も女性もどこか妖《あや》しげだ。

「どうした？」

道の手前で歩を止めた瑠佳を不思議に思ったのか、三峯も同じ方向を見る。

「……あぁ」

どうして瑠佳が顔を引きつらせて立ち止まったのか理解したらしく、小さく吹き出した。

「ここはあれだな」

「あれ……ですよね？」

世間知らずな瑠佳でも一瞬でわかった。ここは俗にいう風俗街だ。

「さっきまで店が営業してなかったから。気づかなかったな」

「僕も全然気づきませんでした」

しかし車に戻るためには、この通りを突っ切らなければならない。

「ほら、行くぞ」

「い、行くって……ほんとに？」

スラックスのポケットに両手を突っ込んだまま、三峯は平然と歩き出す。

彼においてかれまいと、瑠佳も前のめりになって歩き出した。

しかし視線は伏せたままだ。

風俗街なんて初めて歩く上に、『ファッションヘルス』だの『洗体』だのと、見るからに性サービスを匂《にお》わせる店が建ち並び、ドギマギしてしまう。変な汗までかいた。

「あ……」

その時、スタイリッシュな外観の建物が目に入った。

これといった看板はなく、休憩いくら、宿泊いくらと記されたプレートだけがあり、最後にホテル名が書かれている。

――あぁ、これが噂《うわさ》の……。

頬を染めてさらに俯く。

きっと、ここはラブホテルというものなのだろう。

そう思ったら、急に気になりだした。自分よりずっと世慣れている三峯は、こういうところを利用したことがあるんだろうか？

先を歩いていた彼がふと立ち止まり、振り返る。

その視線と、瑠佳の視線がぶつかった。

「お前、今何考えた？」

「はっ？」

「だから、ラブホテル見て何考えた？」

「な、何も考えてないです！」

否定する声がひっくり返る。

顔のみならず、耳まで真っ赤になった。三峯が誰《だれ》かとホテルに入り、身体を繋《つな》げたかもしれないなんて、一瞬でも考えてしまったことは内緒だ。

しかし黙って瑠佳の腕を掴むと、躊躇《ためら》いもなく彼はホテルに入った。

「あ、あの……三峯さんっ！」

驚いて足を踏ん張ると、強く腕を引かれる。

「なんだよ。『ちょっと悪いところ』に行ってみたいって言ったのは、お前じゃないか」

悪戯《いたずら》っ子のように笑った三峯に、赤面しながらぱくぱくと口を動かした。

「た、確かに『ちょっと悪いところ』には行ってみたかったですけどっ！　でも、こんな……」

「こんな？」

言葉を促しながら、三峯は誰もいないロビーで、大画面に映る複数の部屋の写真の中から一つの部屋を選び出してボタンを押した。

「こんな……いやらしい場所に来たいとは……」

「いやらしい場所ねぇ」

カードキーを手にした三峯が再び笑う。

「いいな、その言い方。なんかそそられる」

「そそられるって……ちょっと、三峯さん！」

細い腰をがっちりと抱き込まれて、瑠佳は狭いエレベーターの中に押し込まれた。

部屋の内部は、思っていたよりも普通だった。家族旅行で行った、温泉宿の洋室と大差ない。

しかし部屋の中央にはキングサイズのベッドしかなく、風呂場の脱衣所には扉もカーテンもない。しかも五十インチはありそうな大きなテレビには、最初からアダルトビデオが流されていて、やることは一つという雰囲気だった。

「これも社会勉強だ。先に風呂に入ってこいよ」

「えっ⁉　お風呂に入るんですか？」

戸口で硬直したままの瑠佳に、三峯は意味深な眼差《まなざ》しを送る。

「俺と一緒に入るか？」

「ひ、一人で入ってきます！」

瑠佳はコートを脱ぐと脱衣所に飛び込んだ。

どうしてこんな展開になったのか？　と、今でも理解できない。

しかし、自分が汗臭いのも確かだ。

今日は感動することや興奮することがたくさんあったので、いつも以上に発汗した。その上風俗街なんて歩いたので、変な汗までかいた。

――そうだよ。別にお風呂に入るだけで、何もしないで帰ればいいんだ。

自分を納得させるように頷くと、瑠佳は脱衣所の隅っこで隠れるように服を脱ぎ、そろっと浴室に入った。

全身を洗い、さっぱりして風呂から上がる。

汗が引くまでならいいだろうと、備えつけのバスローブを身に纏った。

「み、三峯さん⁉」

髪を拭きながら部屋に戻ると、ベッドに上半身裸の三峯が座っていた。

「どうして服を脱いでるんですか？」

「じゃあ、なんでお前はバスローブを着てるんだ？」

「それは……汗が、引くまで……」

「なら、俺も熱かったから脱いだまでだ」

「言ってることが嘘《うそ》っぽいですよ！」

顔を赤らめて立ち尽くしていると、ポンポンと三峯が自分の隣を叩《たた》いた。

「瑠佳」

名前を呼ばれて、びくっと身体が跳ねる。

「瑠佳、来い」

「い、嫌です」

「どうして？」

「なんか三峯さんが、よからぬことを考えてそうで……」

「よくわかってるじゃないか」

肩を揺らして彼は笑った。しかし今度は真剣な顔で名前を呼ばれる。

「瑠佳、ここに来い」

三峯の香りがふわっと強くなった。

ムスクのような温かい香り。

しかしその香りの中には、獰猛《どうもう》な獣の匂いも混じっている。

「瑠佳」

再び呼ばれて、フラフラ……と近づいた。

艶《つや》やかな三峯の眼差しと、部屋に立ち込める野性味溢れる香りが、瑠佳の判断力を低下させていく。

ごくんと喉《のど》が上下した。

強姦《ごうかん》された時の羞恥《しゅうち》がないわけじゃない。

しかし、彼に抱かれた悦《よろこ》びを忘れたわけでもない。

隣に座ると、三峯が首筋に顔を埋めてくる。

深く息を吸い込まれ、鼓動がトクトク……と速まり出した。

「今は……発情期じゃないです」

全身を真っ赤に染めながら押しやると、首輪の上から歯を当てられた。

「わかってる」

金具が小さな音を立てた。

抱き締められて唇を近づけられる。

「……抱かないで、ください」

すんでのところで彼の唇を押し返した。

「なんで？」

「なんでって……」

「お前だって、俺が欲しいだろう？」

「欲しくなんか、ありません」

「意地を張るのはやめろ。時間の無駄だ」

「あ……っ！」

押し倒されて、ベッドのスプリングが軋《きし》んだ。

「わかってるだろう。俺の香りが強くなってるの」

気づいているだけに、答えられなかった。

「俺はわかってる。お前の香りが強くなってること」

「ん……っ」

耳殻を舐《な》め上げられて、背筋が甘く痺《しび》れた。

「まるで朝露を含んだ百合のようだ。お前にぴったりな香りだな」

「や……っ、三峯さん……！」

ウエストの紐《ひも》を一気に引き抜かれ、バスローブの前が開いた。下着も着けていなかった瑠佳の裸体が、三峯の眼前に晒《さら》される。

「綺麗な身体だ……」

熱っぽく囁《ささや》かれ、さらに全身が朱色に染まった。

少しでも熱視線から逃れたくて、膝《ひざ》を擦り合わせる。

しかしそんな行動すら彼を喜ばせてしまったようで、三峯は微笑を浮かべると瑠佳の唇を奪った。

「う……ん……っ」

彼の香りに意識が酩酊《めいてい》していく。

ノックするように舌で歯列を舐められて、三峯を口腔《こうこう》に招き入れてしまった。

「ふ……ぁ……」

内頬を擽《くすぐ》られ、唇を吸われ、舌先を絡め取られた。

「あ、ん……」

普段は主張することのない子宮が切なく収縮する。

身体の奥が彼を求めてじわりと疼《うず》いた。

大嫌いな男なのに。

自分の父親の死に、関《かか》わっているかもしれない男なのに。

それなのに彼は、何よりも自分を甘く酔わせる。まるで極上の苺《いちご》が入った、高級なシャンパンのように……。

「あっ、だめ……そこは、だめ……」

唇を貪《むさぼ》り、耳朶《じだ》を弄《もてあそ》び、肩口に鬱血《うっけつ》の痕《あと》を残した彼は、瑠佳の薄い胸に舌を這《は》わせた。芯《しん》を持ち始めていた桜色の尖《とが》りを、きゅっと強く吸い上げる。

「あぁっ」

背中が弓形に撓《しな》った。

痛くも快い刺激が瑠佳を支配する。

「んんっ、やだ……摘まんじゃ……やだっ」

片方を口で嬲《なぶ》られて、もう片方を親指と人差し指の腹で引っ張られた。すっかり硬くなると、爪《つめ》で弾《はじ》かれる。

「や……ぁ、んんっ、やだぁ」

指の腹で捏《こ》ねられて、身体を捩《よじ》った。

両の乳首とも執拗《しつよう》に責められ、赤く色づき、唾液《だえき》でてらてらと濡《ぬ》れている。

「は……あ……はぁ……」

胸を弄《いじ》られただけで息も絶え絶えなのに、三峯は脇腹《わきばら》と臍《へそ》にキスの雨を降らせると、柔らかな下生えに鼻先を埋めた。

陰部の匂いを嗅《か》がれて、瑠佳は両手で顔を覆う。

火傷しそうなほど頬が熱くなった。

「いやだ……変なこと、しないで……っ」

涙目で訴えると、三峯が笑いながら内腿《うちもも》に口づける。

「変なこと、か。でもお前のここは、嬉しそうに揺れてるぞ？」

大きく足を開かされ、ぬるりと陰茎を口に含まれた。

「やぁ……っ」

温かい口腔に敏感なものを含まれて、瑠佳の腰はひとりでに跳ねた。

「あぁ、やだっ、それ、やだぁ……」

三峯の黒髪を両手で摑みながら、大きく頭を左右に振る。

初めて抱かれた時もそうだったが、口淫は苦手だ。気持ち良すぎて、感じすぎて、どうしていいのかわからなくなる。

「あ……っ、あぁ……ん、んぅ」

茎を手で扱《しご》かれ、亀頭を舐め回された。溢れ出る蜜《みつ》を吸われ、尿道を舌で抉《えぐ》られる。

「ひ……っ、あぁぁ」

瑠佳の下瞼《したまぶた》から悦楽の涙が零《こぼ》れた。

口元に手をやり必死に嬌声《きょうせい》を殺そうとするが、それもままならない。

快感にビクビクと身体が反応し、理性も羞恥も霧散していく。

三峯の指が後孔を撫で上げ、分泌された愛液を絡め取った。

「いや、ぁ……」

何をされるのか覚《さと》った瑠佳は、肘《ひじ》で上へとずり上がる。

しかし腰を摑んで引き戻されると、ペニスを口に含まれたまま、後孔に指を挿入された。

「あぁぁっ」

喉元が反り返り、シーツをきつく握る。

きゅっと秘筒が三峯の指を締め上げ、奥へ奥へと誘うように蠕動《ぜんどう》した。

「だ、めぇ……三峯さ……んっ」

柔襞《やわひだ》を辿《たど》られ、新たな快感が生まれる。

丁寧に抜き差しされて、淫音が聞こえ出した。

「あっ、あっ、あっ……三峯さ……」

陰茎を解放されると、求めるように口づけられた。

反射的に彼の頭を抱く。

会陰《えいん》を伝い、自分の蜜がシーツへ滴り落ちるのがわかった。

「瑠佳……瑠佳……」

耳元で囁かれた声は、熱と興奮に掠《かす》れていた。

「三峯さん……っ」

指を増やされて、潤んだ隘路《あいろ》を開かれる。

自分の汗が、精液が、三峯を誘うように甘く香った。

「ヤバいな。お前の匂いだけでいっちまいそうだ……」

苦笑した彼の表情には、珍しく余裕がなかった。

スラックスを下着ごと脱ぎ捨てると、三峯は瑠佳の蕾《つぼみ》にひたりと肉槍を押し当てる。

「あ……やだ……やめて……」

この後、彼が何をしようとしているのか察し、瑠佳は身体を捩って逃げようとした。しかし両足を抱え上げられ、それもできない。

「お願いだから、許してください……」

懇願するように、涙で潤んだ瞳で彼を見上げた。

「……頼むから、そんな目をするな」

困ったように三峯は眉を寄せる。

だから許してもらえると思った。

三峯は無慈悲な男ではない。

きっと「許して」と言えば聞いてくれると思った。

しかし彼は腰を押し進めると、瑠佳に口づけて言った。

「そんな可愛い瞳で見つめられたら、もっと酷《ひど》いことがしたくなる」

「やっ！　あぁぁ……っ」

猛《たけ》った熱杭《ねっくい》が隘路を進む。

まだ慣れない瑠佳の身体を気遣うように。しかし性急に快楽を求めるように。

くんっと一際強く腰を突き入れられ、身体の最奥がずくんと痺れた。

「ひ……っ」

目を見開き衝撃に慄《おのの》くと、嗜虐《しぎゃく》的な笑みを三峯は浮かべる。

「一番奥まで入ったな」

「あ、やぁあ、あぁ……っ」

ゆっくりと腰を引かれ、喪失感に腹筋が縮んだ。

再び奥まで満たされて、背中が撓る。

ゆったりとした動きから徐々に抽挿を激しくされ、瑠佳の華奢《きゃしゃ》な身体は大きく揺さぶられた。

「いやぁ……三峯さ……激しくしちゃ、やだぁ……」

潤んだ内壁は雄に擦られ、次々と甘い熱を作り出す。

愛液は溢れ、反り返った性器からは蜜が零れ、瑠佳の心も身体も濡らしていく。

「三峯さん……三峯さん……っ」

絶頂が近づいた時だった。

「あぁ……！」

深々と杭を打ち込まれ、目の前に火花が散る。

捏ねるように腰を回されて、最奥の腸壁を激しく刺激された。

「やだ、いやだぁ……！」

初めて感じる強い快感に、悲鳴のような嬌声を上げる。

「ひぃ……っ、あぁっ」

額に玉のような汗を浮かべ、自分を見下ろす男に抱きついた。

両手を伸ばし、広い背中にしがみつく。

肩口に顔を寄せると、彼の香りを吸い込んだ。

「お願い……もう、いじめないで……ぇ」

許容量を超える刺激にぐずり泣くと、愛《いと》おしそうに彼は笑った。

「いじめてるんじゃない。お前を可愛がってるんだ」

「やぁっ……」

この言葉が引き金になったのか。さらに激しく腰を抉《こ》じると、三峯は瑠佳を絶頂へと導く。

「あ、あ、あぁぁ……っ」

意識は白く霞《かす》み、煌めきとともに弾け飛んだ。

「―――っ」

声もなく頂上へ駆け上ると、強張《こわば》った身体は弛緩《しかん》していく。

切なく子宮が疼くのを感じた。

三峯も二、三度腰を突き入れると、瑠佳の中で射精する。

本能なのだろう。彼は瑠佳の喉元に噛みついたが、赤い首輪が二人を隔てた。

互いを求め合うキスを交わすと、体内にいた雄が再び力を取り戻す。

「もう、無理……三峯さん……」

逃げる力もなく訴えると、汗に濡れた髪を掻《か》き上げられた。

「あと一回だけ」

甘えるように頬に口づけられ、絆《ほだ》される。

「……嘘つき」

アルファはオメガに比べて精力が強い。

言うまでもなく、彼の行為があと一回で終わることはなかった。

月夜に、白い花びらが舞っていた。

ライトアップされた桜はとても幻想的で、子どもながらに心奪われた。

岸田邸の花見の会は、毎年行われているらしい。

広い庭には、大勢の人がいる。

しかし瑠佳は、大人ばかりの会場に戸惑っていた。

一緒に来ようと約束していた友達が、急に来られなくなってしまったのだ。だから、知り合いは秋廣だけ。

けれども彼は、主催者側のホストとして挨拶《あいさつ》に忙しい。

立食タイプのパーティーの中、給仕の男性に渡されたオレンジジュースを手に、ぽつんと佇《たたず》んでいた。

大人たちに倣って料理を取ろうかとも思ったが、勝手がわからずそれも難しい。

ため息をついて、丸い月を見上げた時だ。

からりとした爽《さわ》やかな夜風が吹き抜けた。木々がささやかな音を立てたのと同時に、瑠佳の髪もさらさらと揺れる。

「お前……」

その時、背後から突然声をかけられて振り返った。

背の高い青年が、目を瞠《みは》って自分を見ている。

「？」

見知らぬ青年だった。

彫りの深い精悍な顔は整っていて、幼心に格好良いと思った。

しかし、なぜ声をかけられたのかわからず首を傾《かし》げる。

すると再び風が吹き抜け、彼の黒髪を乱した。

――あっ！

鼻腔《びこう》を擽った香りに、全身の細胞が一気に目覚める。

鼓動が速まった。

誰に教えられたわけじゃない。

でも一瞬でわかった。

これは、運命の香りだ。

「俺は三峯隼人。お前は？」

「柊木瑠佳」

大きな瞳から雫《しずく》が零れた。

意志とは関係なく、大粒の涙が溢れて止まらない。

「やっと会えたな」

「うん。初めましてだけど、やっと会えたね」

動揺もせず、彼は瑠佳の涙を指で拭《ぬぐ》ってくれた。

二人にしかわからない会話だった。「初めまして」なのに、初めて出会った気がしないなんて。

きっと自分たちは、前世でも結ばれていたのだ。

三峯と名乗った青年は、しゃがみ込むと微妙な顔で瑠佳を見る。

「ところでお前、何歳だ？」

「十二歳」

「何年生？」

「小学六年生。もうすぐ中学一年生になるけど」

「マジか！」

額に手を当てて、三峯は笑い出した。

「『運命の番』が小学生って、どうすりゃいいんだよ」

困った顔をしているのに、その笑い声は明るかった。

「お前、俺のことが好きか？」

出会って五分も経っていないのに、彼の質問に即答できた。

「好き！　大好き！」

「じゃあ、我慢できるな」

抱き寄せると、三峯は瑠佳の細い首に歯を立てた。

「残念だが、俺に幼児趣味はない。だから、今の俺と同い歳んなる十年後。お前が二十二歳になったら……」

「なったら？」

手の甲に口づけられた。

「お前をもらいに行く」

「本当に？　絶対に？」

「あぁ、約束だ」

幼児趣味はないと言ったのに、長い睫毛《まつげ》を伏せると、彼は瑠佳の唇に自分のそれを重ねようとした。

「瑠佳！　三峯！」

しかし、手を振って駆けてきた秋廣の声に、唇は離れていく。

「瑠佳、ごめんね。ずっと一人にして！　っていうか、三峯もここにいたんだ」

「あぁ」

膝に手をつくと、ゆっくり彼は立ち上がった。

「でも、二人って面識あったっけ？」

秋廣の問いに、三峯は含み笑いをする。

「あるといえばあるけど……でも今日初めて出会った」

「何それ」

ころころっと秋廣は笑った。

「さぁ、瑠佳。美味しいものをいっぱい食べようか？」

挨拶も一通り済んだのだろう。足取りも軽く、瑠佳の肩を抱えて歩き出した秋廣は、スーツ姿の秘書に呼び止められた。新たな客人が来たらしい。

「んもう！」

うんざりと天を仰ぐ。そんな彼からさりげなく三峯は瑠佳を奪い取った。

「頑張れよ、秋廣。岸田家の一人息子だろう？　その間、瑠佳は俺が面倒見てるから。安心して行ってこい」

「本当に頼んだよ。瑠佳は弟みたいな存在なんだから。大事に扱ってね」

「あぁ」

慌ただしく客人のもとへ向かう背中を、二人で見送った。

「岸田家の息子も大変だな」

「本当に」

初めて会ったのに、瑠佳と三峯はとても気が合った。

美味しい料理を食べながら、二人はたくさん話をした。

三峯の父親は弁護士で、彼も将来弁護士になろうとしていること。瑠佳は一人っ子だけれど、三峯には妹がいること。

楽しい時間はあっという間に過ぎ、二人は連絡先を交換しようとした。

しかし瑠佳は携帯電話を持っておらず、電話番号が書けるものも手近になかったので、連絡先は次回会った時に交換しようということになった。『運命の番』である二人は、すぐに再会できると思ったのだ。

しかしこの晩、瑠佳は初めての発情期を迎えた。

秋廣に話すと、彼はすぐにルフュージュへの入所手続きをしてくれた。

三峯と出会って二週間後、瑠佳は山奥のルフュージュにいた。

「三峯さんに、また会いたいなぁ……」

愛しい人に思いを馳《は》せながら、瑠佳は施設の窓から空を見上げた。

すぐに会えると思っていた彼と再会できたのは、それから六年後だった。


朝の光が、カーテンの隙間《すきま》から零れている。

一瞬どこにいるのかわからなくて、白い天井を眺めた。

――あ……そうだ。昨日の夜、三峯さんとラブホテルに入ったんだっけ。

ぼんやりした頭で寝返りを打つと、隣には三峯の寝顔があった。

指を伸ばし、すっと通った彼の鼻筋を辿る。

肉厚でセクシーな唇もそっと撫でた。

よく眠っている彼は起きることもなく、穏やかな寝息を立てている。

とても不思議な感覚だった。

十年前に出会い、会いたくて会いたくて仕方なかった相手が、今隣で眠っている。

瑠佳はさらに近づくと、温かくて逞《たくま》しい身体を抱き締めた。

三峯とデートをし、激しく抱かれたせいか、久しぶりに彼と出会った日の夢を見た。

あの頃の自分は本当に純粋で、無知だったと思う。

けれどもあのまま素直で何も知らなかったら、もっとたくさん三峯に甘えることができたのだろうか？

「ごめんね、父さん……」

――僕は今、あなたを死に追いやったかもしれない人と、同じベッドで眠っています。

三峯も起きたのか、瑠佳を抱き締めると鼻先を髪に埋める。

滲《にじ》みそうになる涙を堪《こら》えながら、愛しい人の香りを吸い込んだ。

この上ない幸福。
しかしこの幸福は罪なのかもしれないと、震える唇を嚙み締めた。

【5】満ち足りた日々。『幸せ』という二文字

「あの、これどうぞ」

事務所の隣にある部屋へ、りんごを持っていった。

以前三峯が事件を担当したという老夫婦から、青森産のりんごがひと箱送られてきたのだ。

「うわぁ、真っ赤で美味しそう！」

対応してくれた女の子は、カノンにも負けない金色の髪に、ピアスをたくさん嵌《は》めていた。メイクは今風の派手なもので、彼女の人となりを知らなければ、おとなしい瑠佳は声をかけることもできなかっただろう。

右隣のこの部屋はデザイン事務所だ。社長と社員三名という少数精鋭の事務所で、瑠佳は何度かお裾《すそ》分《わ》けをしに来たことがある。

「瑠佳くん、待ってて。うちもお客さんからたくさんお煎餅《せんべい》もらっちゃって。社長！　りんごのお礼に、お煎餅あげてもいいですよね？」

「もちろんだよ、持っていきなさい」

ダンディーという言葉がしっくりくる社長が笑顔で頷いた。

「ありがとうございます」

頭を下げると、りんごを持ってきた時よりも大きな袋に煎餅を詰められる。

「すみません。なんか物々交換みたいになっちゃって」

渡された袋を手に恐縮すると、細い目をきゅっと上げて彼女は笑った。

「何言ってるの。ご近所さんなんだからこれぐらい当然よ。仕事が暇な時に、またお茶でも飲みに来てね。あ、カノンくんも一緒に」

「はい、ぜひ」

袋いっぱいの煎餅を持ち帰ると、興味津々とばかりにカノンが近づいてきた。

「なんだよ、りんご持ってったら、煎餅に姿を変えたのか？」

笑う彼に、瑠佳も苦笑する。

「これじゃあ、どっちがお裾分けしたのかわかりませんよね」

「いいんじゃね？　もらえるもんは、ありがたくもらっとこうぜ」

個別包装された煎餅に、早速カノンは手を伸ばす。

季節はすっかり冬になり、コートも厚手のものに変わった。昨日は東京でも初雪を観測し、一気に冷え込んだ気がする。

事務所のミニキッチンでコーヒーを淹《い》れながら、窓の外を見た。平日だというのに、韓国料理や韓流アイドルのグッズを求め、街は今日も女性で賑《にぎ》わっている。

この街で、瑠佳は新しい人間関係を築き始めていた。

社交的なカノンが作り上げた輪に加わっただけなのだが、岸田邸にいた時にはなかった近所付き合いというものに、狭かった世界は広がっていった。

りんごを差し入れたデザイン事務所以外にも、マンションの管理人夫婦に孫のように可愛がられて、くすぐったいものを覚える。

商店街も気さくな人ばかりで、買い物に行くと「弁護士事務所のべっぴんさん」と声をかけられ、よくおまけもしてくれた。

公園に立ち寄ればご婦人方が井戸端会議に混ぜてくれ、ほんの少しだけ瑠佳は情報通になった。スーパーの特売日や芸能人のスキャンダルなど、生活に必要なことも必要ないことも教えてくれたからだ。

十二歳から十八歳という多感な時期をルフュージュで過ごし、その後は岸田邸から出ることのなかった瑠佳にとって、こういった人々との交流は新鮮だった。心がほっこりと温かくなり、自分はこの街で生きているのだと実感する。

三峯との関係も良好で、ラブホテルでの一件以来、二人の距離はぐっと近づいた。

クリスマスには遊園地に連れて行ってもらったし、正月には瑠佳のリクエストで、十数年振りにファミリーレストランへも行った。

カノンともプライベートで付き合うようになり、先日などは二人で秋葉原《あきはばら》のゲームセンター巡りをした。スイーツの食べ放題にも行った。

生クリームがたっぷりのケーキやムースやタルトも美味しかったけれど、やはり和菓子が好きだとしみじみ思う。今度カノンと出かける時は、美味しい甘味処を調べておこう。

仕事も終わり、瑠佳は手早く夕飯を作り終えると、もらったりんごでタルトタタンを作った。この家で暮らすようになって、唯一我《わ》が儘《まま》を言って買ってもらったオーブンレンジで焼き上げる。

本当は生菓子が作れればいいのだが、それだけの技術を持っていないので、ついつい洋菓子ばかり作ってしまう。

「ただいま」

甘く香ばしい香りが部屋いっぱいに広がった頃、ネクタイを緩めながら三峯が帰ってきた。

「おかえりなさい」

キッチンの中で微笑むと、当たり前のように口づけられる。

「いい匂いがするな。今夜は何を作ったんだ？」

頬を赤く染めつつも、必死に平静を装う。

「えっと、タルトタタンです」

「タルト……タタン……？」

「うーんと、アップルパイをひっくり返して焼いたお菓子です」

「ふーん。よくわからんけど、美味そうだな」

今度は腰を抱かれてキスをされ、とうとう耳まで真っ赤になった。新婚夫婦のようなやり取りに、赤面するなという方が無理だろう。

だからといって、自分たちは夫婦ではない。

ましてや恋人同士なのかもあやしい。

しかし彼は、瑠佳にお構いなくキスしたい時はキスをし、抱き締めたい時は抱き締め、一緒に寝たい時はベッドに引き摺《ず》り込む。

あろうことか、瑠佳はデートをした日から自分の布団で寝ていない。毎夜三峯に横抱きにされ、彼の寝室へと連れて行かれるからだ。

「降ろしてください！　今夜こそ自分の布団で寝ます！」

抵抗して暴れても、彼は平然と瑠佳をベッドへ連れて行く。

「布団があるとお前は戻りたがるからなぁ。いっそのこと捨てるか？」

「もったいないから、そんなことしないでください！」

「じゃあ、おとなしく俺と寝るか？」

ニヤリと笑われ、地団駄を踏みたくなる。布団を捨てると脅せば、物を大事にする瑠佳は絶対に断らないとわかっているからだ。

しかし本当に一人で眠りたいという思いはあった。

三峯と一緒に寝ると、週に一度は抱かれるようになったからだ。

瑠佳はそれを複雑な気持ちで受け止めている。

抱かれることは決して嫌じゃない。

むしろ、抱かれる悦びを知ってしまった心を持て余している。

――世界で一番嫌いだった人なのに……。

反社会勢力を擁護する弁護士。

父親の死に関わっているかもしれない人。

そして、主《あるじ》と自分を引き剝《は》がした憎い男。

だけど瑠佳には、もう一つ彼を嫌いになった理由がある。

それを思い出すにはつらすぎて、まだ心の奥底に封じ込めているけれど。

向かい合って食事をする彼の顔を、ぼんやりと眺めた。

三峯は今夜も、瑠佳が作った食事を美味しそうに食べている。

――ほんとに幸せそうな顔しちゃって。そんなに僕のことが好き？

冷蔵庫の中では、先ほど作ったタルトタタンが冷えている。

きっと世界で一番嫌いで、そして世界で一番愛してくれる男と、この後一緒にタルトタタンを食べるのだろう。

幸せと、父親に対する罪悪感を覚えながら。

＊＊＊

三峯が依頼人からもらってきた紙袋を覗《のぞ》き込み、カノンと瑠佳は感嘆の声を上げた。

「わぉ！　上生菓子じゃん！」

「すっごく綺麗ですね！」

「今どきこんないい上生菓子、なかなか手に入らないからな。瑠佳もカノンも好きなだけ食べていいぞ」

「やりーっ！」

「ありがとうございます」

カノンはさっそく手を伸ばすと、折り箱に入っていた柚子《ゆず》を模した上生菓子を手に取った。瑠佳は紅色の寒牡丹《かんぼたん》を象《かたど》った上生菓子を手にする。

手練の職人が練りきりあんを使い、細部にまでこだわって作った上生菓子は、見ているだけで楽しい。そして食べて美味しい。

　他にも抹茶あんを使って藪《やぶ》を表現したものや、雪景色を表したものなどいろいろあって、うさぎの形をした上生菓子を指で摘まむと、三峯は一口で食べてしまった。

「おい、三峯！　もうちょっと大事に眺めてから味わえよ！　職人技の一品なんだぞ！」

目くじらを立てるカノンに、三峯はしれっと言う。

「上生菓子は賞味期限が短いんだ。眺めるのもいいけど、早く食べて美味さを堪能《たんのう》するのも大事だろ」

　そんな二人のやり取りに小さく吹き出す。しかし次の言葉にはっとした。

「甘っ！」

　三峯は野菜以外なんでも食べるが、和菓子の甘さはあまり得意ではないらしい。上生菓子は上品な味のものが多いが、三峯には少し甘すぎたのだろう。

「今、お茶を淹れますね」

「あぁ、濃いめの煎茶《せんちゃ》を頼む」

　苦笑いする三峯に微笑むと、瑠佳は事務所のミニキッチンへ向かった。

　急須《きゅうす》に茶葉を入れながら、あることを思い出して暗い気持ちになる。

　確かに瑠佳は上生菓子が好きだ。

　岸田邸にいた頃から通販で取り寄せては、一人で抹茶をたてて食べていた。父親と母親の位牌《いはい》の前に供えてから。

けれどもそのたびに、瑠佳は食べるのを一瞬躊躇った。石のように重たい感情が胸を塞《ふさ》ぐからだ。

父親が亡くなった日、彼が最期に食したものが上生菓子だった。

今でも忘れない二月初旬。

あの日は店の定休日で、夕方から秋廣に誘われて岸田邸にいた。夕飯までご馳走《ちそう》になり、帰宅したのは夜の八時過ぎだったと思う。

その帰り、秋廣は瑠佳が大好きな上生菓子を土産《みやげ》に持たせてくれたのだ。

「昨日、仕事で京都へ行ってね。運よくこの店の菓子が買えたんだ。よかったら食べてくれるかな」

「もらっちゃっていいんですか？」

目を輝かせると、秋廣はいつもの優しい笑顔を向けてくれた。

「もちろんだよ。瑠佳は洋菓子よりも和菓子が好きだからね」

「憶えててくれたんですね！　嬉しい。ありがとうございます」

秋廣が持たせてくれた上生菓子は有名老舗《しにせ》店のもので、予約しないと買えないほどの人気商品だった。

しかし、瑠佳はこの上生菓子を父親と食べることはできなかった。

同時期にルフュージュを出所した友人が、急に腹痛を訴えて電話をかけてきたからだ。

「父さん、ごめん！　ちょっと出かけてくる」

家族もなく、一人暮らしの友人からのＳＯＳに、瑠佳は家を出る準備をした。

「わかった。友達に大事がないといいな」

「うん」

コートを着てマフラーを巻くと、玄関まで見送りに来た父親を振り返る。

「あ、そうだ！　ねぇ父さん、今日秋廣様からもらってきた生菓子、消費期限が今日中だから食べちゃっていいよ」

「いいのか？　せっかく秋廣さんが瑠佳にくれたのに」

「だけどこの時間から病院に行ったら、今日中に帰ってこられるかもわからないし。残念だけど、もったいないから父さんが食べて」

「わかった。ありがたくいただくよ」

「それじゃあ、行ってきます」

家を出た時、父親は友人を心配しながらも、笑顔で手を振ってくれた。暗いものを抱え込み、死を考えている人間の顔ではなかった。

しかし友人を連れて病院へ行き、盲腸炎だった彼を入院させて帰宅すると、何台もの消防車が燃え盛る自宅を囲んでいた。

あの光景を思い出すと、今でも足が震え出す。

もう四年も経つというのに、鼓動が速まって冷たい汗が流れた。呼吸も不規則になる。

検死解剖の結果、父親の胃からは夕飯と、上生菓子に使われた食材が出てきた。血中からは、普段から服用していた睡眠薬が高濃度で検出され、自殺するために飲んだのだろうと警察からは説明された。

瑠佳が家を出ていった後、父親は最後の晩餐《ばんさん》のように、秋廣からもらった上生菓子を食べたのだ。

一体どんな気持ちで父親は最期を迎えたのだろう。それを思うと胸が痛んで仕方ない。

自分が持って帰ってきた上生菓子を、どんな気持ちで食べたのか？

考え込んでいると、背後から声をかけられた。いつの間にか三峯がいて、瑠佳は安堵《あんど》して笑顔を向ける。

「瑠佳？」

不思議だった。不安で不安で、底のない暗闇《くらやみ》に取り込まれそうになっていたのに、彼の顔を見た途端、心が落ち着いた。真っ暗だった視界が急に明るさを取り戻す。

でもそれと同時に、拭えない疑問が湧《わ》き出す。

どうして四年前のあの日、三峯はうちを訪ねてきたのか。

死の間際、父親とどんな話をしたのだろう。

もちろん、一番疑っているのは時任組だ。

しかし時任組が犯人でなかった時、次に疑うのは三峯だ。

――父さんと、最後に何を話したの？

この四年間、訊《き》きたくて訊けなかったこと。そして知るのが一番怖かったこと。

瑠佳は今でも、父親が借金を苦に自殺したとは考えていない。

だからといって、誰かに殺された証拠もない。

けれども三峯が何かを知っていて、父親が死んだ原因を作ったのだとしたら？　それは直接手を下さなくても、彼が父親を殺したことになるのではないか。

軽い目眩《めまい》を覚えた。

床がぐにゃりと歪《ゆが》む。

自分は父親を殺《あや》めたかもしれない男と、魂が惹《ひ》かれ合っているのだ。

ともに彼と生活をし、同じベッドで寝起きをし、食事をしては些細《ささい》なことで笑い合っている。そして何度も身体を繋げ、あろうことか幸福まで感じている。

――真実を知りたい。でも、怖いっ！

小刻みに指が震え出し、瑠佳は白くなるほど両手を握った。

「おい、そんな青白い顔して大丈夫か？　一体何があったん――」

三峯のネクタイを引っ張ると、瑠佳は顔を近づけて自らの口で彼の唇を塞いだ。

瞼を閉じていても、三峯が目を瞠っているのがわかる。

しかし彼は、不安がさせた行動に優しく応《こた》えてくれた。

身体を抱き締め、触れるだけだったキスをもっと確実なものに変えてくれる。

瑠佳も彼の首に両腕を回し、口づけをさらに深くした。

今は彼の熱い舌だけが、真実だと信じたかった。

＊＊＊

今日は三峯が遠方の依頼人に会いに行っていることもあり、事務所には緩やかな空気が流れていた。仕事もほとんど午前中に終わり、昼食を挟んだ今にいたっては、カノンの恋愛話を聞いているぐらいだ。

そしてカノンの彼氏が、家族の反対を押し切って同棲《どうせい》をしたがっている……という話に相槌《あいづち》を打った時だった。軽やかなインターフォンの音が響いて、二人は会話を止めた。

「はい、どちら様ですか？」

築年数の古いマンションにオートロックなどついていない。それなので瑠佳はドア一枚の距離で対応する。

「藤咲です。先日の件でお礼に上がりました」

相変わらずよく通る澄んだ声が聞こえて、慌ててドアを開けた。

するとそこには、三つ揃《ぞろ》えのスーツを隙なく着こなした藤咲が立っていた。

「こんにちは。お久しぶりです」

脈拍が急に速まったのは、彼が纏う空気が相変わらず冷たかったからかもしれない。

「こんにちは、可愛いオメガさん。三峯先生はいらっしゃいますか？」

「申し訳ありません。今日は終日出張に出ておりまして。よろしかったらお茶だけでも」

身体をずらして中に入るよう促すと、藤咲は微笑を浮かべた。

「それでしたら私の方から出直します。よろしかったら皆さんで召し上がってください」

瀟洒《しょうしゃ》な紙袋を手渡され、中を覗く。そこには品のいいリボンがかかった茶色い箱が入っていて、高級な菓子が収められていると一目でわかった。

「では、失礼いたします」

軽く腰を折り、エレベーターホールへ向かう彼を見て、閃《ひらめ》きのような強い衝動に突き動かされた。

菓子の入った袋を抱えたまま、瑠佳は藤咲を追いかける。

「ちょっ……瑠佳ちゃん⁉」

閉まるドアの向こうからカノンの声が聞こえた。

しかし夢中だった瑠佳には届かない。

「藤咲さん……っ！」

目の前で閉まったエレベーターの扉の前でたたらを踏む。階段を使えば間に合うかもしれないと、薄暗い階段室へ駆け出した。

そうして息せき切ってエントランスを抜けると、マンション前に停《と》めてあった黒い車の脇で、藤咲は煙草《たばこ》に火を点《つ》けていた。

「何かご用ですか？　可愛いオメガさん」

一口吸うと、彼は赤い唇に笑みをのせる。

「あの、僕は『可愛いオメガ』じゃありません。柊木瑠佳と申します」

何度も『可愛い』と言われると、馬鹿にされた気がして自ら名乗った。すると彼はふっと鼻を鳴らして嗤《わら》う。

「では、瑠佳さん。俺に何か用でも？」

自分のことを『私』ではなく『俺』と言った彼の雰囲気が変わった気がした。きっちり整えていた髪型を崩したような、寛《くつろ》ぎと投げやりさを感じる。いかにも瑠佳の相手が面倒臭いと言わんばかりに。

しかし怯《ひる》んではいけないと両足に力を入れた。

ヤクザと一対一で話をするなど、緊張しないわけがない。

けれどもこんな思いをしてまで追いかけてきたのは、父親のことを訊くためだった。

前回時任組の事務所へ行った時、瑠佳はずっと三峯の後ろに隠れて、何も情報を得ることができなかった。

　だから突発的に今しかないと思ったのだ。父親を殺したかもしれない時任組に、真相を聞くチャンスだと。

　拳《こぶし》を握り、こくんと一つ唾《つば》を飲み込むと、鋭い眼光の藤咲を見つめた。

「僕の父は、時任組さんが運営する金融会社から借金をして、四年前に焼身自殺をしました」

「それはご愁傷様です」

　儀礼的に頭を下げてくれたものの、冷淡な彼の瞳の色は変わらなかった。

「でも、僕はどうしても父が自殺したとは思えないんです。取り立てにあっていても、父は明るい顔で『大丈夫だ』と言っていました。『月々少しでも返済しているから問題はない』と。それなのになぜ父は死んでしまったのか。今でも納得できないんです」

　指で弾いて煙草を落とし、革靴の底で揉《も》み消すと、藤咲は切れるような眼差しをこちらに向けた。

「もしかして、俺たちがお父様を殺したと疑っているんですか？」

「……すみません」

　刃物を思わせる視線に俯くと、クスクスと笑われた。

「構いませんよ。こんな商売をしていると疑われるのはしょっちゅうです。でもね、瑠佳さん。昔はどうだったか知りませんが、今はヤクザも食べていくのに必死な世の中でしてね。少額でも月々返済してくれる顧客を、見せしめのために殺すほど暇じゃないんですよ」

車に寄りかかり足を交差させた彼は、スラックスのポケットに両手を突っ込み瑠佳を見た。

「知っていますか？　ヤクザってのはね、銀行口座も作れないんですよ」

「えっ？」

唐突な話に顔を上げる。

「だからね、子持ちの組員なんか大変ですよ。学校の授業料というのは、銀行口座から引き落とされる。でもそれができないから現金を学校に持って行くんです。するとみんなに不審がられるでしょう？　そこからヤクザの子どもだとばれて、無視やいじめの対象となる。だけど俺たちが困っているのはそれだけじゃない」

暴排条例の強化でみかじめ料が徴収不能となり、金に困ってヤクザを辞める者。個人の名義では土地も車も購入できず、家族の名前を借りただけで詐欺罪に問われる現状。ゴルフ場でプレーしただけで逮捕され、レンタカーだって借りることはできない。

「法令遵守のもとに取り締まりが厳しくなって、今やヤクザは絶滅危惧《きぐ》種です」

シニカルな笑みを浮かべた彼は、この状況を嘆くでもなく、怒るでもなく、冷静に受け止めているようだった。

「こんな世の中で、俺たちに手を差し伸べてくれる三峯先生は、ある意味弱者の味方かもしれません。誰も引き受けてくれないヤクザの弁護をしてくれるのですから」

藤咲の言葉に、ますます三峯を見る目が変わった。

最初は反社会勢力と繋がりのある、悪徳弁護士だと思っていたが、三峯は公平な法に則《のっと》り、本当の弱者を救いたいだけなのだ。

「でも、一人でヤクザを追いかけて問い詰めるなんて。あなたの無鉄砲さ、嫌いじゃないですよ。もし本当に俺たちが犯人だったら、あなたは今頃ひどい目に遭っていた」

「そ、そうですよね」

自分の行動を顧みて、すーっと顔が青ざめた。

そんな瑠佳に穏やかな表情を浮かべた彼は、徐《おもむろ》にシルバーグレーのネクタイを緩めると、ワイシャツのボタンを二つ外した。

「同じオメガ同士、今度食事でもしましょう」

「あっ……」

そこから覗いた白い首には、護身用の黒い首輪がつけられていた。

すらりと背が高くて端整な面立ちをした彼は、ずっとアルファだと思っていた。しかし藤咲も瑠佳と同じオメガだったのだ。

「それでは、失礼いたします」

後部座席のドアを開けて藤咲が乗り込むと、大通りに向かって車は静かに走り出した。

手にしていた紙袋を抱き締めながら、それを見送る。

藤咲から聞いた話は、筋が通っている気がした。

確かに金に困っているヤクザが、月々少額でも返済していた父親を殺す動機はない。それに自分たちの実情を隠すことなく教えてくれた彼が、嘘を言っているようには思えなかった。

「じゃあ、誰が父さんを殺したんだろう？」

三峯の顔がふっと浮かんで、大きく頭を振った。

——三峯さんが犯人なんて、思いたくない。でも、でも……。

必死だった瑠佳を現実に引き戻すように、街の騒音が急に耳に入ってきた。

狭い通りには、今日も人が溢れている。

茶色い瞳は不安に揺れていた。

これまで真実を知りたい気持ちでいっぱいだったのに、今は真実を知りたくないと思う自分がいる。

一日の業務を終え、洗濯物を取り込み、煮込んでいた鍋《なべ》の火を消した時だった。瑠佳は身体の火照《ほて》りと軽い目眩を覚え、シンクの縁に手をついた。

ふと壁にかかったカレンダーを見れば、今日の日付にため息をつく。

発情期が来たのだ。

普段はもう少し遅いのだが、今月は早く来たのだろう。

また注意力が散漫になり、頭がぼんやりして、身体が疼く憂鬱《ゆううつ》な一週間を過ごさなければならない。

発情期抑制剤を飲もうと、私物を置いてある和室へ向かった時だ。玄関の鍵《かぎ》が開く音がして、三峯が出張から帰ってきた。

「おかえりなさい。お疲れ様でした」

足を止めて微笑むと、小さく三峯が目を見開く。

「ただいま……って、どうしたんだ？　顔が赤いぞ？」

「発情期が来たみたいで。少し身体が火照ってるんです」

苦笑した瑠佳に、近づいてきた三峯もカレンダーを見た。

「あぁ、今月は少し早く来たんだな」

「…………」

発情期サイクルが知られていることを、素直に恥ずかしいと思った。とても個人的なことなのに、彼に把握されているという事実に余計に頬が熱くなる。

しかし三峯は、『運命の番』だ。

自分の性フェロモンに世界で一番敏感なアルファだ。

必死に隠したとしても、きっと早くに気づかれていただろう。

「抑制剤を飲んできますね」

発情期を迎えた体臭は、徐々に強くなっていく。自覚してまだ数分しか経っていないのに、百合のような甘い香りはふわりと周囲を染めていた。

「瑠佳」

強く腕を摑んで引き寄せられ、長い睫毛を瞬《しばた》かせた。

硬いスーツの繊維が頰に当たってドキリとする。

抱き込まれて、鼻先が彼の肩口に近づいた。

「三峯さんっ？」

強まった性フェロモンの香りから、彼がヒートしたのだとわかった。

麝香《じゃこう》を思わせるそれが、身体の芯をダイレクトに刺激して、瑠佳の呼吸は荒くなる。

「ま、待って……抑制剤を飲《の》んでくるから……っ」

押し退けようとする腕は、すでに力が入らない。

大きく熱い手で服の上から背中を撫でられ、それだけで後孔がじわりと潤んだ。

「あっ……」

意図せず甘い声が漏れて、唇を噛む。

熱に潤み始めた目をぎゅっと閉じた。

三峯の手は服を捲《めく》り上げ、直《じか》に瑠佳の肌に触れてくる。

「だめ、三峯さん……それ以上しないで」

脇腹を辿られ、小さく震える。

汗ばんだ彼の手は前へと回り、すでに硬くなっていた乳首をキュッと摘まんだ。

「あん……っ！」

嬌声が漏れ、必死に両手で口を塞いだ。

「瑠佳……」

熱い吐息を吹き込まれ、耳殻を舐め上げられた。耳朶を吸われ、首筋に唇を落とされて、どくどくと血液が性器に集まっていくのを感じる。

「お願い……抑制剤を飲ませて。じゃないとおかしくなりそう」

苦しいほどに息が上がっていた。

三峯の香りに全身を支配され、思考も定まらなくなってくる。

子宮と秘筒がきゅうきゅうと収縮して、彼が欲しいと訴えてきた。

「今は抑制剤を飲まなくてもいい。この部屋には俺とお前しかいない」

両足の間に膝を割り入れられ、硬くなり始めていたそれをぐっと腿で押される。

「あぁっ」

ズクンとした甘い痺れが背筋を突き抜けた。

ジーンズの中で苦しくなっていた瑠佳の熱は、確実に下着を濡らしていく。

「だめ、だめ……やっぱり抑制剤を飲まないと、僕、おかしくなっちゃう……っ」

「おかしくなるほど乱れたお前が見たい」

「やだぁっ！」

欲情に目をギラつかせ、三峯は頬を紅潮させている瑠佳を抱え上げた。

この時、寝室へ連れて行かれるのだと思った。

しかし噛みつくような口づけをすると、三峯はリビングにある黒いソファーに腰を下ろす。

「えっ？　ベッドに行くんじゃないの？」

思わず漏れてしまった言葉に、眼前の男は余裕もなく笑う。

「申し訳ないが、その時間すらもったいない。今ここでお前を抱く」

「ちょっ……三峯さん？」

困惑しているうちに向かい合うように膝の上に座らされ、窮屈にしていた瑠佳の熱が解放された。

「あ……っ」

ジーンズの中からふるりと飛び出してきたものは、脈拍と同じリズムで震え、痛々しいほど赤く充血している。

三峯もネクタイを緩めると、切羽詰まった様子でスラックスの前立てに手をやった。瑠佳のものより一回り以上大きなそれは、力強く血管を浮き立たせながら、先端に透明な雫を浮かべている。

「やだ、やだ、そんなことしちゃやだ……っ」

三峯は大きな手で瑠佳と自身のペニスを包み込むと、上下に擦り始めた。

「あぁ……ん、ふぁ……あっ」

互いの先走りが潤滑剤となって、滑りはどんどんよくなっていく。体外で一番敏感なものを扱かれて、瑠佳は三峯にしがみついた。しかも彼の熱さが性器越しに伝わってきて、硬さと熱に畏怖《いふ》の念を抱く。

それと同時に、後孔からとろりと蜜が溢れ出した。

彼の猛りを欲しているのだ。

「瑠佳、舐めたい……」

「えっ?」

互いに熱い息をつきながら、見つめ合う。

「舐めたいって、何を……？」

熱に浮かされながら眉を寄せる。

すると三峯は額に汗を滲ませて、口角を上げた。

「お前の乳首が舐めたい。だから服を捲ってくれないか？」

彼の言葉に、さらに体温が上がった。

「そ、そんなことできない……っ！」

驚いて三峯から距離を取ろうとすると、逞しい腕に腰を支えられ、もっと引き寄せられてしまう。

「後ろに逃げたら危ないだろう？　床に倒れて頭をぶつけるぞ」

なんとか余裕あり気な態度を保っているようだが、ペニスを扱く手の動きと呼吸の乱れから、彼が本当に自分の乳首を求めているのだと知った。

「早く、瑠佳。服を捲れ」

懇願の色は乗せてあったが、それは命令にも近い。

逡巡《しゅんじゅん》の後、そろそろとシャツを捲った。

自分も三峯に弄ってもらいたかったのだ。だって服に擦れただけで感じてしまうほど、桜色の尖りは硬くしこっていたのだから。

それでも羞恥は消えなくて、瑠佳は乳輪ギリギリのところまでしかシャツを捲ることができない。

「もっとだ。もっと捲れ、瑠佳」

「……でも、恥ずかしい」

声を震わせると、くすりと彼が笑った。

「恥ずかしいからいいんだろう。だから燃える」

掬《すく》い上げるようにこちらを見た彼の瞳は、艶《あで》やかな大人の色気に潤んでいて、クラクラするほど魅力的だった。

何度も何度も啄《ついば》むようにキスをされ、とうとう瑠佳も絆される。

自らシャツを捲るなど、とても恥ずかしくてはしたない行為だと思う。普段なら、そんな積極的なことはできない。

けれども彼が求めるなら……と、理性が焼き切れそうな頭の中で、瑠佳はもう少しだけシャツを捲り上げた。

「見えた。瑠佳の乳首」

「やっ……」

きゅっと吸いつかれ、身体が跳ねた。

尖らせた舌先で弾くように頂を舐められ、身体が撓る。

しかし力強い彼の腕に支えられているので、倒れることなく瑠佳はその快感を貪った。

「あぁ、だめ……だめ……そんなに舐めちゃだめ」

転がすようにされて、思わず服を下ろしそうになった。

すると三峯に叱咤《しった》される。

「ほら、服を捲ってろ。……っていうか、咥《くわ》えてろ」

「えっ？」

ニヤリと口角を上げると、三峯は瑠佳の口にシャツの端を咥えさせた。

「んんっ!?」

突然のことに驚くと、三峯はさらに笑みを深める。

「いい眺めだ。俺の許しが出るまでちゃんと咥えてないと、もっとひどいことするぞ？」

からかってはいたが、彼の声には真剣さも帯びていて、びくりと瑠佳は震えた。

これ以上ひどいこととはなんだろう？　そう思うと期待と不安が綯《な》い交ぜになったが、不安の方が勝り、瑠佳は羞恥を噛み殺しながらさらに服を捲った。

「んっ……んん、ん……ぅっ」

乳輪を舌で辿られ、くすぐったくて身を捩る。

次にきゅっと強く肉粒を吸われて、とうとう愉悦の涙が零れた。

「んん……んぅ……」

彼の名前を呼びたいのに、咥えさせられたシャツが邪魔をする。

「気持ちがいいか？」

問われて、瑠佳は何度も頷いた。

過敏になると、痛みさえも快楽に変わることを、彼に抱かれるようになってから瑠佳は知った。いや、知ったというより、身体に覚え込まされたと言った方が正しいかもしれない。

今だって乳首は感じすぎて痛いほどだ。

そこを強く吸われて、痛みは増す。

しかしそれすらも気持ちがいいのだ。喉を反らせて、嬌声が止まらないほどに。

三峯と向かい合って座り、ペニスを扱かれながら、乳首を口で弄られている自分は、淫《いん》猥《わい》に違いない。

しかも今ではジーンズを太腿《ふともも》まで下ろされて、潤んだ後孔を指の腹で撫でられている。

「うぅ……ん、ふぅ……ん」

腰を揺らしてシャツを自ら咥えさせられ、もっともっとと欲している。

彼に抱かれることに、こんなにも自分は慣れてしまった。

いや、この快感に慣れることはない。

乾いた身体が水を求めるように、貪欲《どんよく》に三峯を求めてしまうのだ。

「はぁっ……して、もっとして……」

完全に欲望の箍《たが》は外れていた。

発情期抑制剤を飲んでいれば、もう少し冷静でいられる。羞恥から自制も利いただろう。

しかし発情期抑制剤を飲んでいない今は、完全に理性も恥じらいも吹き飛んでいた。

先ほどまで咥えさせられていたシャツですら、今は自分からボタンを外して、ちゅうちゅうと彼に吸ってもらっているほどだ。

双丘の間に秘められた蕾もいやらしく濡れ、突き入れられた三峯の指をきつく食い締めている。

「ひゃぁ！　三峯さ……三峯さん……気持ちいいよっ」

浅い場所にある過敏な一点を押し上げられ、堪《たま》らず悲鳴を上げた。

「隼人だ」

「……えっ？」

「俺の名前は『隼人』だ。呼んでみろ」

「……そんな」

飛びかけていた羞恥が戻ってくる。

これまで彼のことは名字でしか呼んだことはない。

心の中ですら『三峯さん』としか呼んだことはなかったのだ。

それなのに、声に出して突然名前を呼べだなんて。

「簡単なことだろう？　俺を名前で呼んでくれ」

「できない……」

「どうして？」

「恥ずかしい……から」

「面白い奴だな。今の格好の方がずっと恥ずかしいだろう？」

笑った彼に、瑠佳は唇を噛む。三峯は意地悪だ。

「でも、今まで一度も呼んだことがないし……」

「だから今呼んでくれ」

「なんで？」

「名字じゃなく、名前で呼んでくれた方が距離が縮まる。お前のものになれたようで、心が満たされる」

「三峯さん……」

『お前のもの』と言われて、心臓がトクトク……とときめき出した。

本当に彼を自分だけのものにしていいのだろうか？

格好良くて真っ直《す》ぐな性格で、意地悪だけど優しくて。世界で一番自分を愛してくれる男。

「……隼人、さん？」

「あぁ」

勇気を出して唇を動かせば、男らしい顔に甘い笑みが広がる。

「隼人さん、隼人さん……」

一度名前を口にすると、感情が溢れ出したかのように止めることができなかった。

「挿《い》れて、隼人さん……早く隼人さんでいっぱいにして」

「やっぱり、今度からは抑制剤なしでセックスするか」

呟かれた言葉を聞き逃さなかった。

熱に蕩《とろ》けた瞳で小首を傾げると、三峯は端整な顔を歪めて苦笑する。

「だって、お前の口から嬉しい言葉がたくさん聞けるからな。一度この幸せを知っちまったら、次から物足りなくなる」

どこか少年めいた笑顔に見惚《みと》れていると、三峯は瑠佳の足からジーンズと下着を抜き取り、猛った熱杭を秘蕾に押し当てた。

「ゆっくりでいい。自分の体重をかけて腰を下ろしてみろ」

屹立《きつりつ》には、コンドームが被《かぶ》せられている。

ソファーの横に置かれたテーブルの引き出しから出てきたものだが、先日掃除した時にはそんなものは入っていなかった。

どうしてコンドームが出てくるの？　と不審に思って訊《たず》ねれば、いつかソファーでお前を抱きたかったと笑われた。数日前から彼は用意していたのだ。

「んん……んっ」

三峯とは何度も身体を繋げてきたが、対面座位は初めてだった。

だから戸惑いとわずかな不安は拭えない。

でも彼に腰を支えてもらいながら、ゆっくりと自らを穿《うが》つように肉槍を飲み込んでいく。

「そうだ、上手だ」

愉悦のため息とともに褒められ、胸の中がじわっと嬉しくなる。

もっと彼を悦ばせたくて、早急に腰を下ろした。

「あぁぅっ」

すると一気に最奥まで貫かれ、強い衝撃を覚える。

しかしその衝撃ですら甘美だ。

「動くぞ」

「あん、あぁっ、あぁあっ、あっ……」

下から激しく突き上げられ、瑠佳の身体が上下に揺れる。

三峯の首に抱きつきながら、与えられる快感に耐えた。

柔襞を擦られ、甘い疼きが全身を支配していく。

この世で一番強烈であろう快楽に、何も考えられなくなった。

「隼人さん……」

目の前にある彼の耳殻に噛みつく。

形をなぞるように舌で辿り、耳朶に緩く歯を立てた。

大好きな香りがより一層強くなって、本能的に彼の匂いを肺いっぱいに吸い込む。これだけで軽く果てた気がした。

結合部から淫音が聞こえ出し、荒い息遣いとともにリビングに響き渡る。

自ら腰を動かし、三峯の頭を掻き抱きながら訊ねた。

「気持ちいい？　隼人さん」

「あぁ、最高だ。こんなに積極的なお前が見られるのなら、やっぱり抑制剤は今度からナシだな」

「そうしたら、外に出られないよ」

快感に脳髄を蕩けさせながら訊ねると、彼が短く笑った気配がした。

「だったら外に出なければいい。発情期の間はお前を家の中に閉じ込めて、朝から晩までセックスしていよう」

冗談めいた言葉だったけれど、彼の本心が半分以上混ざっている気がした。

「あっ……あぁんっ……あぁっ」

突き上げはさらに激しくなり、瑠佳は振り落とされまいと必死に彼にしがみつく。唇を求められ、それに応える。

互いの舌を深く絡ませ合い、吸い合い、唾液が口角を伝うのも気にせず、本能のままに貪り合った。

「本当に？」

荒い呼吸の間隙《かんげき》に囁かれ、胸がきゅっと苦しくなる。

「好きだ、瑠佳」

「あぁ」

「本当に、僕だけが好き？」

不安が滲み出した問いに、彼は優しく目を眇《すが》める。

「お前以外、誰を好きになるっていうんだ」

「だって、隼人さんモテそうだし……」

「残念ながらそうでもないよ」

彼が謙遜《けんそん》していることはわかった。

実際は相当モテるのだろう。

しかも多くの人を抱いてきた。

それは手練《てだ》れた彼の仕草から感じることができる。

三峯が、自分以外の誰かを抱いたなんて、想像するだけでおかしくなりそうだった。

嫉妬《しっと》で胸を掻き毟《むし》りたくなる。

でも自分と彼は十歳も歳《とし》が違うのだ。

その月日の違いの中で、彼に何もなかったと考える方が無理だろう。

そう考えた途端、瑠佳の中で思い出したくなかった記憶が蘇《よみがえ》る。

心の奥底に押し込め、忘れようとしていた悪夢が、津波のように襲いかかってきた。

桜の木の下で三峯に出会い、発情期を迎えたあの日。

自分は確かに、三峯と結ばれることを信じて疑わなかった。

秋廣の勧めですぐにルフュージュに入所してしまったが、瑠佳は三峯に迎えに来てもらえる日を指折り数えていた。

愛しい人と毎日一緒にいられる。

それはきっと夢のような幸せな日々だろう。

そう思えば、単調で味気ないルフュージュでの生活にも耐えることができた。

「早く迎えに来てね、三峯さん」

彼がいる場所と繋がっているだろう空を見上げながら、瑠佳は何度も口にした。

十年という月日は子どもには途方もない長さに感じたが、一年一年過ぎていけば、あっという間な気もした。

十八歳の時、誰に相談することもなくルフュージュを出た後も、瑠佳は父親の店を手伝いながら、彼との再会を楽しみにしていた。

「あと四年。もう六年も待ったんだから、四年ぐらいどうってことない……」

連絡先もわからない彼だったけれど、自分たちはまた運命的に出会えると信じていた。

しかし、出所祝いをしてくれるという秋廣に呼ばれて行った屋敷で、瑠佳は衝撃的な現場を目にする。

「三峯、さん……？」

今でも忘れることができない。

眼裏《まなうら》に焼きついて離れることのない、残酷な光景。

シャツを開けた秋廣と三峯が、まるで恋人同士のようにベッドで戯れていたのだ。

「やぁ、瑠佳。もう来てたのかい」

扉の隙間から茫然《ぼうぜん》と眺めていると、気づいた秋廣が恥ずかしそうに乱れた着衣を直した。

それは明らかに事後だった。

性的なことに疎かった瑠佳でも、甘く漂う余韻を敏感に感じ取った。

しかも六年ぶりに再会した三峯は、瑠佳を見ても顔色一つ変えない。

「ずいぶん大きくなったんだな。柊木瑠佳」

フルネームで名前を呼ばれ、かろうじて自分を覚えてくれていたのだとわかった。

「お久しぶりです。三峯さん」

そう言うのが精一杯だった。

この後はショックで記憶が曖昧で、秋廣から首輪をプレゼントされたことしか憶えていない。

――どうして僕がいるのに、三峯さんは秋廣様とあんなことをしていたんだろう……。

彼に対する不信感が増す中、父親が焼身自殺を図った。

しかもその日、瑠佳の家には三峯の残り香があった。

父親が亡くなる当日、なんの接点もない三峯が父親に会っていたことは明確だ。

その後、三峯が父親が借金をしていたヤミ金のバック、時任組の弁護士を務めていることを知った。秋廣から聞いたのだ。

最悪だった。

きっと三峯は借金について父親となんらかの話をしたのだろう。それが引き金となって、父親は自殺したのだ。

それから瑠佳は、三峯のことが憎くて仕方なくなった。

父親を死に追いやったかもしれない男。

反社会勢力の弁護を務めている悪徳弁護士。

しかも番である自分を弄び、秋廣とも関係を持っていた。

心の中では嫌いで嫌いで仕方なかった。

秋廣に心酔することで、三峯を忘れようとした。

けれどもそれもできなかった。魂は強く惹かれ合っていたのだ。

どうしようもない感情。

愛おしさと恋しさは決して消えることはなく、時が経つにつれて思慕は増していった。

三日とあげずに岸田邸に現れる三峯に、ずっと胸を焦がしていた。

自分という番がいながら、秋廣を抱いていた男を許すことはできない。けれども初めて抱かれた日、瑠佳は確かに喜びを感じた。やっと三峯に触れてもらうことができたと……。

たとえ秋廣と関係があったとしても、今は自分だけを好きでいてくれる。

過去に恋人が付き合っていた人に嫉妬していたら、きりがない。

激しく三峯に抱かれながら、瑠佳は心の中で祈っていた。

――どうかどうか、父さんを死に追いやった人が、三峯さんじゃありませんように！

その時一際強く突き上げられて、敏感な亀頭を指で抉られた。

「あぁ……っ！」

強烈な快感に身体が強張る。

それと同時に、瑠佳は三峯の手の中に精を放った。

彼の力強い雄も大きさを増し、自分の中で吐精したのだとわかる。

「んん……んっ、隼人……さん」

射精の余波を味わいながらぐったり身体を預けると、あやすように抱き締められた。

こめかみにキスをされ、彼の肩口に頬を擦りつける。

満たされた身体と、疑念を拭えない心が相反した。

しかし、たとえ三峯が父親を殺した犯人だとしても、自分は彼を愛してしまうのだろう。

心の中では恨みながら、それでも惹かれ合う魂。

運命の番。

自分たちはもう、離れて生きていくことなどできないのだ。

こんなにも嫌いな男なのに……。

瑠佳はずっと、三峯を愛している。

【6】魔の手

早いもので、三峯と一緒に暮らし出して四カ月が過ぎた。つまりは、事務所で働き出して四カ月経ったということで、だいぶ瑠佳も仕事を覚えた。

書類の場所もすべて把握し、スチール棚に帳簿をしまおうとした時だ。

たまたま三峯も資料を戻しに来たのだろう。

瑠佳の隣に立ち、ストンとファイルを棚にしまった。

その時、見上げた彼とふっと視線が絡んだ。

黒い双眸《そうぼう》がじっと見下ろす。

何気ない出来事だ。

一緒に暮らしていればよくあること。

だからそれはとても自然な流れだった。

男らしいラインを描く肉厚な唇が近づいてきて、くっつけ合うことが当たり前だというように瑠佳に口づけた。

た。

「ん……」

瞼を閉じてそれに応える。

舌を絡ませ合うような激しいキスではないけれど、互いの想いを伝え合うには十分だった。

「――あのさぁ、お二人さん。俺がいること忘れてない？」

背後から呆《あき》れたため息が聞こえて、瑠佳はバッと三峯を押しやった。

「ご、ごめん、カノン！　見てた？」

「見てたっていうか、見えてた」

「ほんとにごめん！」

顔を真っ赤にして謝り倒す瑠佳とは正反対に、三峯は堂々としたものだ。職場でキスをしていたことに、まったく反省の色がない。むしろ落ち着き払っているくらいだ。

誤魔化《ごまか》すために咳払《せきばら》いをしてから、瑠佳は自席についた。

しかし、頰の熱さがなかなか引かない。

ここまで赤面するなら、三峯と事務所でキスなんかしなければいいのだが、これは条件反射だった。

彼の顔が近づいてきたら、瞼を閉じる。

キスをするのは当然で、抱き締められたら抱き締め返す。

三峯に服を脱がされたのなら、自分も彼の服を脱がす。

そして身体を繋げる。

これが一連の流れだ。

ここ最近、三峯とは毎晩のように抱き合っていた。

この間の週末は、下着を着けていた時間より裸でいた方が長かった。

食事もトーストやピザといった簡単なものしかとらず、カーテンも開けずにひたすら互いの身体を貪り合った。

これまで堰《せ》き止めていた想いが溢れたように、瑠佳は三峯に抱かれた。

心の中では、瑠佳も三峯を抱いていた。

まがりなりにも瑠佳は男だ。三峯に抱かれるのは大好きだが、ちょっとは彼を抱きたいという思いもある。しかし騎乗位で彼の上に跨《また》がっただけでも、煽情《せんじょう》的な光景にクラクラして、緊張と興奮で身体が硬くなってしまう。

だから自分は一生、三峯を押し倒して抱くことはできないだろう。

そんなことを考えていると、机の隅に置いてあったスマートフォンが鳴動した。

午後のニュースでも届いたのかな？　と深く考えずに手に取ると、使用人仲間だった鞠子からメッセージが届いていた。

急いで画面をタップしてロックを解除すると、メッセージを読む。

そこには瑠佳の身体を気遣う言葉と、現在の秋廣の状況が書かれていた。

先月までは情緒不安定ながらも会社へ行っていた秋廣だが、最近は休職し、家に引きこもっている状態だという。食事もとらず、すっかりやつれて体力も落ちているようで、床に伏していることも多くなったそうだ。

これを読んで、瑠佳の胸はズキズキと痛んだ。

三峯に犯されて屋敷を出たとはいえ、不義理を働いているのはわかっている。

秋廣は自分が人生の岐路に立たされた時、良い方向へといつも導いてくれた。しかも住み込みの職も与えてくれた。

その恩義を感じているからこそ、本来なら屋敷に戻り、彼の看病をした方がいいのかもしれない。

しかしそう思うたびに、三峯に止められた。「秋廣のもとには帰るな」と。

「どうして？　通いの使用人になって、夜は隼人さんのところに帰ってくればよくない？」

「だめだ。お前はここにいて秋廣に近づくな」

なぜか語調を強める三峯に、黙り込むしかない。

――昔は秋廣様と付き合ってたくせに。なんで僕が秋廣様のところへ行こうとすると、そんなに怒るの？

首輪の鍵が開かないので番にはなっていないが、互いの心は夫婦のように寄り添っている。パートナーの言うことにはできるだけ従いたい。

瑠佳はスマートフォンを静かに机の上に置いた。

恩人である秋廣のもとへ行けないのはつらい。

しかし自分が彼に会いに行って、元気になってくれるかもわからない。むしろもっと体調を崩すのではないか？

「どうすればいいんだろう？」

心の内の悩みが言葉になって、唇から零れ落ちる。

「そんなの簡単だって」

「えっ？」

呟きはカノンの耳にも届いたらしい。

青い瞳を細めてニッと笑うと、向かいの席で彼はサムアップした。

「キスしたりいちゃいちゃしたくなったら、家に戻ればいいじゃん。少しの間ぐらいなら、俺が一人で仕事してやんよ」

「えっ？」

何を言われたのかわからず、ぽかんとした。

どうやらカノンは、仕事中も三峯といちゃつきたい瑠佳が、どうしたら二人だけの時間を持てるのか？　と悩んでいると思ったらしい。

「ありがとう」

吹き出してカノンに礼を言った。

本当に彼はいい人だと思う。

年上には到底見えないカノンの無邪気な笑顔に、沈みかけていた心が浮上してくるのを感じた。

いつまでも悩んでいてはいけないと、瑠佳は自分を叱咤した。

＊＊＊

仕事をしている間はキスも抱擁も禁止だと、三峯と真剣に話し合った翌日。

冬晴れの温かい日差しが差し込む事務所内で、うーんとカノンが伸びをした。

「コーヒーでも買ってくっかなぁ」

大きな欠伸《あくび》とともに言った彼に、瑠佳も時計を見る。

時刻は午後の二時半だ。

まだ三時の休憩には早いが、昼食を食べてから一時間ほど経ったこの時間帯は、一番眠気が増す。しかも細かい文字で書かれた判例集を読んでいたカノンは、余計睡魔に襲われたのだろう。

「あの、僕も一緒に行きます」

近所のコーヒーショップに行くのだと察した瑠佳も手を挙げる。自分もちょうど、耐えがたい睡魔に襲われていたからだ。

「じゃあ俺にもコーヒーを買ってきてくれ。サイズはグランデで」

ずっとパソコンに向かっていた三峯が、徐に顔を上げた。

「ブラックでいいんでしたよね？」

「あぁ」

「わかりました」

ひらひらっと手を振ったカノンと一緒に、事務所を出る。

コーヒーショップは大通りに出るとすぐにあった。

外資系のチェーン店で、店内にはいつも芳しいコーヒーの香りが漂っていた。

ソイラテと、三峯に頼まれたグランデサイズのコーヒーをオーダーすると、カノンより一足先に店を出る。

この店には最近来るようになった。

今ぐらいの時間が多いだろうか。事務所でずっと机に向かっていても集中力が続かないので、息抜きにドリンクを買いに来るようになったのだ。

コートにマフラーを巻いて空を見上げる。

快晴とはいえ、日陰のこの場所では息も凍る。

しかしそんな中で温かいソイラテを飲むのが、瑠佳は大好きだった。

穴の開いた上蓋《うわぶた》に唇を寄せ、ゆっくりと口内に含む。

すると優しい豆乳の味が、香ばしいコーヒーの旨味《うまみ》とともに広がった。

ホッと一息つくと、吐息はさらに白さを増す。温かいものを飲んで、少しだけ体温が上がったのだろう。

ガラス張りの店内を振り返り、カノンはまだかと探した時だった。大きなブレーキ音を立て、瑠佳の前に黒塗りのバンが停まった。

その音に驚いて反射的に振り向くと、スライドドアを開けて大柄な男が二人出てきた。なぜかフルフェイスのヘルメットを被り、黒いパンツに黒いパーカーを着た男たちは、ガードレールを難なく乗り越えると、瑠佳に向かって真っ直ぐやってくる。

「な、なんですか？」

状況がわからず戸惑うと、突然一人の男に後頭部を押さえつけられた。そして白いハンカチを口元に当てられる。

「んん──っ！」

強い薬品臭が鼻を突いた。

驚いて目を瞠ると、もう一人の男に羽交い絞めにされ、手にしていたソイラテとコーヒーが、バシャッと音を立てて地面へ落ちる。

「んんーっ！　んーっ！」

身の危険を感じて本能的に暴れた。

しかし男たちの方が圧倒的に力が強く、華奢な瑠佳は軽々と持ち上げられてしまう。

周囲の人たちも茫然とこちらを見ていた。

あまりに非日常的な状況に、身動きできずに固まっているようだった。

薬品のせいか、瑠佳の視界はグルグルと回り出す。

必死に逃げようともがいているのに、意識が混濁してきた。

――もう、ダメかも……。

なぜ自分がこんな目に合っているのか理解できないうちに、黒い車内に連れ込まれそうになった時だ。

「お前ら！　何やってんだよ！」

手にしていたホットドリンクを相手に投げつけると、羽交い絞めにしていた男に、思いっきりカノンが飛び蹴《げ》りを食らわせた。

「警察っ！　警察を呼んでくれっ！」

体勢を崩した男たちへさらに蹴りを繰り出すと、カノンは大声を上げながら瑠佳を自分の方へ引っ張った。

　すると固まっていた周囲の人たちが慌てて一一〇番をしてくれ、この状況が不利だと判断したらしい男たちは、バンに乗り込むと去っていった。

「大丈夫か⁉」

　地面にへたり込んだ瑠佳の肩を、カノンが強く抱く。

「……な、なんとか……」

　荒い息をつき、回る視界と激しい動悸《どうき》に打ち勝とうと、必死に意識を保つ。

　しかし手足が痺れて力が入らなくなり、冷たいアスファルトの上に倒れ込んだ。


　目が覚めると白い天井が目に入った。

　ここがどこなのかすぐに判断できなくて、周囲を見渡す。

　すると点滴がぶら下げられた銀色のポールが見え、指先には緩いクリップのような器具が着けられていた。病院の一室だと気づくまでに、数秒はかかった気がする。

「大丈夫か？　瑠佳」

　聞き慣れた声がして視線を移すと、今朝《けさ》自分が選んだネクタイを締めた三峯が立っていた。

「隼人……さん？」

「瑠佳、ごめんな。俺がついていながら危ない目に遭わせちまって」

「カノン……」

その隣にはしょんぼりと眉を下げるカノンがいて、小さく瑠佳は首を振った。

「カノンは何も悪くないよ。でも、どうしてこんなことに……？」

掠れた声で訊ねると、椅子《いす》に腰を下ろしたカノンが説明してくれる。

自分は誘拐されかけたらしいこと。意識を失ってすぐに警察が駆けつけてくれ、救急車に乗せられて運ばれたこと。そして連絡を受けた三峯が、血相を変えて病院へやってきたこと。

「とにかく、今回は大事にいたらなくてよかった」

厳しい表情のまま、三峯は一言だけ言った。警察に被害届を出したが、犯人の特定には時間がかかるらしい。

「でも……僕を誘拐して得する人なんて、いるんでしょうか？」

身代金誘拐だとしても、自分にはたいして貯金はない。

三峯ならだいぶ蓄えがあるが、もし身代金を目当てに誘拐するなら、一介の弁護士事務所の事務員など狙《ねら》わず、もっと金を持っていそうな人間を狙うだろう。

「過去に三峯が扱った事件の関係者かもな。逆恨みでパートナーを誘拐しようとしたとか？」

カノンの言葉に、彼は考え込むように顎《あご》に手を当てる。その瞳は複雑な色をしていた。まったく心当たりがないのか。それとも犯人を知っているのか……？

念のため一泊入院した瑠佳は、翌日退院した。

しかしこれ以降、一人で外出することを固く禁じられた。

仕方がないだろう。理由もわからず自分は誘拐されかけたのだ。

瑠佳に関して心配性な三峯は、買い物にも行かせてくれなくなった。今では郵便受けに新聞を取りに行くのも、三峯の仕事だ。

これではルフュージュや岸田邸にいた頃と変わらない。

せっかく自分の世界も人間関係も広がりつつあったのに、数カ月前に逆戻りした感じだ。

重たいため息をつきながら、寝支度を始める。

今日も自宅と事務所の行き来だけで終わってしまった。三峯が外出を許してくれなかったからだ。

カノンも過剰に心配するようになり、三峯同様に瑠佳の外出に神経を尖らせている。きっと自分が一緒にいながらあんなことになったのを、未《いま》だに悔いてくれているのだろう。

事務所に繋がる扉を開け、ノートパソコンを睨《にら》みつけている三峯に声をかけた。

「それじゃあ、先に寝ます。おやすみなさい」

「あぁ、おやすみ」

振り返り、片腕を伸ばした彼に近づく。

すると腰を抱かれ、身を屈《かが》めた。

掬い上げるように口づけられる。

すっかり習慣化したおやすみなさいのキスだ。

唇が離れてもくすぐったい気持ちで彼の瞳を見つめていると、頬にも口づけられた。

そして腕を解かれる。

三峯の寝室へ向かい、まだ冷たいベッドに入った。

ここで眠ることもすっかり習慣になっていた。

羽毛布団に頬を擦りつける。

外の空気を吸っていない身体はさほど疲れていない。

しかし明日も仕事があることを思えば、早く寝るに越したことはなかった。

特に三峯が残業をしている日は、家事が終わってしまうと時間を持て余してしまうので、早めにベッドに入ることにしていた。

秒針の音だけがやけに響く暗闇の中、とろりと瞼を閉じる。

疲れてはいないと思っていたが、ゆっくりと睡魔は襲ってきた。

その時、鉄製の扉が開閉する音がして目が覚めた。

あの音は玄関扉だ。しかも事務所の。

三峯がコンビニにでも行ったのだろうと思い、再び目を閉じた。しかし妙な胸騒ぎがしてベッドを抜け出すと、リビング側のベランダへ出る。

下はマンションのエントランスに面した細い通りになっていた。どこへ行くにも、必ずこの通りを使うはずだ。

夫の行動を監視する嫉妬深い妻になった気がして、少しだけ瑠佳は自分が嫌いになった。だからこっそりと下を覗いた。三峯に自分の行動がばれないように。

——……あれ？　あのスーツの人って藤咲さん？

想像もしていなかった人物がマンションの前に立っていて、目を瞠った。鼓動が嫌な速度で鳴り出して、さらに身を隠す。

先ほど事務所で残業していた三峯が、エントランスから出てきた。

ほんの少し周囲を警戒している様子に、不審なものを感じる。

彼らは二、三言言葉を交わして頷き合うと、大通りへと歩いていった。そこには藤咲のものと思《おぼ》しき黒い車が停まっている。

——どうして？　なんで藤咲さんと……？

再び周囲を気にした三峯が、藤咲と一緒に後部座席に乗り込んだ。すると車はネオンが眩しい街へと消えていく。

「…………」

瑠佳は言葉を発することができないまま茫然と立ち尽くした。

今見たことすべてを、嘘だと信じたかった。

＊＊＊

それから一週間経っても、瑠佳は三峯に真相を訊くことができなかった。

どうして藤咲さんと会っていたの？　なんて怖くて訊けない。彼が良からぬことで時任組と繋がっている気がして、疑念がどんどん深まっていく。

こんなにも愛しているのに。

不安なら、すべて彼に訊いてしまえばいいのに。

そう思って何度も三峯の袖を引っ張った。

そのたびに彼は優しい顔で振り返ってくれる。瑠佳の不安など知らないかのように、何も言わずに口づけてくれる。

胸が苦しくなった。

もし真相を知ってしまったら、彼はこんな優しい笑顔を自分に向けてくれなくなるかもしれない。キスだって、永遠にできなくなるかもしれない。

だったら何も見なかったことにして、うわべだけの平穏に浸っていればいいのではないだろうか。

キッチンで食器を洗いながら、仕事で遠方に出ている三峯の帰りを待った。

今日もカノンに監視され、外に出ることができず、瑠佳のイライラも溜《た》まっていく。

すべてが悪い方向へ流れている気がした。

気持ちが鬱々《うつうつ》として、酸欠になった金魚のように口をパクパクさせている気分だ。

自由を求めて、心が喘《あえ》いでいる。

「はぁー……」

大きなため息をつきながら、蛇口の栓を締めた。

カウンターに置いてあったスマートフォンのランプが点滅していることに気づき、何気なく手に取る。三峯が帰宅時間を連絡してきたのかもしれない。

「鞠子さん……」

画面に表示されたメッセージは、鞠子からの着信を伝えるものだった。

ドクンと心臓が大きく鳴った。

自分を取り巻く空気は今、とても嫌なものだ。

霧がかかり、前方が見えにくい視界の中で、道は下降している。

ごくんと唾を一つ飲み込んだ。

秋廣に何かあったのではないかと、不安に駆られる。

ソファーに腰を下ろすと、大きく深呼吸をしてから鞠子に電話をかけた。この時間ならば彼女も仕事を終え、自室にいるだろう。

「もしもし、柊木です」

四度目のベルで出てくれた彼女は、以前と変わらず明るい声だった。

『瑠佳くん、元気？　メッセージはやり取りしてたけど、話すの久しぶりだね！』

「ごめんね、新しい生活に慣れるのに手いっぱいで。なかなか電話できなくて……」

『ううん、いいのよ』

暗雲のようなものを感じていたが、からりと晴れた青空を思わせる鞠子の様子に、胸を撫で下ろす。

しかし、瑠佳の予感は当たっていた。

『突然電話しちゃって、迷惑かなぁと思ったんだけど。やっぱり秋廣様のことを伝えておきたくて』

「秋廣様に何かあったの？」

ドクドクと鼓動が速まり、服の上から胸を押さえた。

『うん。昨日ね、栄養失調で倒れられたの。ご自身の書斎で』

「えっ……？」

意識が遠のく感覚がした。

ショックだった。

秋廣の体調がそこまで思わしくないと、想像もしていなかった。

『それでね、病院に行かれてからも、ずっと瑠佳くんの名前を呼びながらうなされてて。きっと瑠佳くんに会いたいんだろうなぁって。だって、瑠佳くんと秋廣様は結婚の約束までしていたんでしょ？』

「…………」

鞠子の言葉に何も言えなかった。

確かに自分は秋廣と将来を誓い合っていた。

三峯の不貞を忘れるため、主の言葉だけを信じてきたのだ。

自分の本当の想いを誤魔化すために。

でも……と、ふと思う。

秋廣だって三峯とセックスをしていた。

それなのに、どうして突然自分のことを好きだと言ってくれたのだろう？

順当に考えれば、秋廣は三峯が好きなんじゃないだろうか？　だって身体まで繋げていたのだから。それとも本当に彼らは快楽を貪るだけの関係だったのだろうか？

瑠佳は記憶の引き出しを引っ張り出す。

どうして自分が秋廣と結婚を約束するようになったのか？

しかし、きっかけがまったく思い出せない。

彼からの告白は唐突だった。

「好きだよ、瑠佳。お前が小さい頃から可愛いと思っていた。もしよければ、僕と結婚してくれないかい？」

「秋廣様……？」

「今すぐにとは言わない。お父様が亡くなられて日も経っていないからね。だけど昔からお前が好きだった。僕の想いを受け止めてくれないか？」

瑠佳だって秋廣が好きだった。じつの兄のように。

屋敷で働き出したばかりの頃だ。庭への散歩に連れ出され、突然プロポーズをされた。

一度は断った気がする。自分は平民の出で、しかもオメガだと。アルファはアルファ同士で結婚した方がいいのではないかと。すると彼は微笑んだ。

「そんなことを気にする必要はないよ。それにオメガとアルファが結婚すれば、必ずアルファが生まれる。代々アルファが当主になってきた岸田家も、瑠佳がお嫁さんに来てくれれば安泰だよ」

彼の気遣いが窺《うかが》える言葉に、「はい」と頷いた。

三峯を想いながら、三峯を愛おしいと感じながら、瑠佳は秋廣のプロポーズに応えたのだ。彼と、目の前にいる主が抱き合っていた光景を思い出しながら。

あの時はとにかく三峯の不貞がショックで、秋廣に対してなんの疑念も抱かなかった。

「彼とは恋人同士ではないよ。ただ性欲を満たし合うだけの関係だ」

後日、そう言って笑った秋廣の言葉を信じた。

いや、信じたかった。三峯は自分のことを忘れたわけではないと。

十二歳の時に約束してくれた言葉は本心だったと。

ルフュージュから空を眺めながら馳せた想いは、一方通行ではなかったのだと。

この時だって、自分が臆病《おくびょう》なばかりに三峯に訊ねることができなかった。「今でも僕のことが好き？」と訊ねれば、何か変わっていたかもしれない。

しかし、本当に存在を忘れ去られていたのなら、『運命の番』との結婚を夢見て生きてきた瑠佳は、自分の存在価値すら見失っていただろう。父親も亡くなったばかりで、今にも心が折れそうだったからだ。

だから秋廣を選ぶことで、現実から逃げた。

もしかしたら、三峯が心変わりしたのではないかという、悲しい現実から。

――だって、『運命の番』がいたら、普通浮気なんてしないよね？

『瑠佳くん、瑠佳くん？　どうしたの、急に黙り込んで』

「あ、ごめんなさい！」

電話中だったことも忘れ、考え込んでいたことを詫《わ》びた。それから瑠佳は近いうちに岸田邸へ行くことを鞠子と約束した。

『運命の番』の不貞相手で、かつて恋人だった、秋廣に会いに行くために。

瑠佳の仕事机には、父親の形見であるプリズムが置いてあった。

普段は家のキッチンカウンターの上に置かれているのだが、今日は朝から胸騒ぎがして、お守り代わりに持ってきていた。

胸騒ぎ……というより、緊張の方が大きいだろうか。

なぜなら瑠佳は、これから三峯とカノンに内緒で、事務所を抜け出すからだ。

仕事で三峯は役所へ行き、慌ただしい空気は一旦落ち着いた。

今日も仕事はあったが、昨日猛然と書類を作成したので、今の瑠佳は少しだけ暇だ。

「あー……便所行ってくるわ」

「うん」

午前十一時過ぎの、エアコンに温められた空気の中。

彼はいつもこの時間になるとトイレに立つ。

本人は気づいていないようだけれど、それはルーティーンのように毎日繰り返されることだ。彼の身体のサイクルなのだろう。

立ち上がったカノンに、瑠佳はいたって平静を装う。

笑顔だっていつも通りに浮かべることができた。

パーテーション奥のトイレに消えて行った背中を見送ると、急いでハンガーラックからコートを手に取る。そしてあらかじめ用意しておいたメモをカノンの机の上に置いた。

『少し外出してきます。すぐに戻ります。すみません』

最後の一文は、彼らに黙って出ていくことに、良心の呵責《かしゃく》を感じたからだ。

カノンも三峯も自分のことをとても大事にしてくれる。

だから誘拐未遂があった一件を思い出せば、外に出るなと言われる気持ちもよくわかった。しかも犯人の目星もまだついていないのだ。

けれども瑠佳は、どうしても岸田邸へ行かなければならなかった。

元の主であり、過去の恋人であり、『運命の番』の不貞相手だった秋廣に、どうしても訊ねたいことがあったのだ。

栄養失調で倒れたという彼の体調も心配だったが、三峯とは本当に身体だけの関係だったのか？　なぜ突然、身分が違う自分を好きだと言ってくれたのか？　そして瑠佳と三峯が『運命の番』だと、なぜ知っていたのか？

今になって考えれば疑問に思うことばかりで、瑠佳は居ても立ってもいられなかった。

靴を履き、慌ただしく事務所のドアに手をかけた時だ。

きらりと光るプリズムが視界の隅に入って、瑠佳は立ち止まる。

「……父さん」

「自分を連れて行け」とプリズムが言っているような気がして、机に戻るとそれをポケットにしまった。

「行ってきます」

小さな声で呟くと、静かに事務所の扉を閉める。

頬を切るような寒風の中、拳を握ると瑠佳は駆け出した。

＊＊＊

瑠佳だって、身の安全を考えないわけではない。

だから接触する人を最小限に抑えるため、岸田邸までタクシーで向かった。

久々に見る屋敷の門は背が高く、常緑樹の白樫《しらかし》がこんもりと見えた。

自分がついこの間まで働いていたとは思えないほど、岸田邸は威厳に満ちた立派な建物だった。

もとは使用人なのに、正門のインターフォンを押すのも躊躇われ、どうしたものかと考え込む。かといって通用口の鍵も屋敷を出る時に置いてきてしまったので、裏口から入ることもできない。鞠子には今日中に屋敷を訪れることは約束していたが、いつ抜け出せるのかわからない状況から、細かい時間までは伝えていなかった。

「どうしようかな」

考えなしにここまで来てしまったのだと、改めて痛感する。

しかしそれぐらい瑠佳は差し迫った状況にいた。

誘拐されかけた自分を心配し、目を光らせる三峯とカノンの隙を突いて、事務所を抜け出さなければならなかったのだ。

会ってはならないと言われている、秋廣に会うために。

三峯はなぜ秋廣に会ってはいけないと言うのか、わからない。彼が深夜に時任組の藤咲と会っていた謎《なぞ》も、まだ解けていなかった。

三峯のことはこんなにも大好きで、愛しているのに。それでも彼への疑念は深まるばかりだ。父親を死に追いやった男かもしれないのだと、疑い続けなければならない。

気持ちが深く沈み、ぼんやりと茶色い靴の爪先《つまさき》を眺めた。

しかし寒空の下、いつまでもここに突っ立っているわけにもいかないと、仕事中であろう鞠子に電話をかけた。すると彼女はすぐに対応してくれて、重たい正門の扉を開けてくれる。

「瑠佳くん！　久しぶり！」

「鞠子さん、元気そうでよかったぁ！」

大きなアーモンドアイがチャーミングな鞠子と再会を喜び合い、瑠佳は敷地内の様子を覗《うかが》う。

「秋廣様は？」

「それが……」

言い難そうに口を開いた彼女の言葉に、瑠佳は目を見開いた。

「えっ？　外出されてるの？」

「うん。今さっきお屋敷を出ていかれたの。急用が入ったって……」

「そうなんだ」

考えてもいなかった展開に、再び気持ちが沈む。

しかしこれでよかったのだと、明るい方へ心は浮上した。

「でも、具合の悪かった秋廣様が、お出かけできるほど元気になられてよかった」

「そうね。しかもご自分で車を運転して出ていかれたのよ」

「本当に？　それはすごい」

「ええ。今日は朝から体調が良かったみたいで。お食事もちゃんととられていたし」

安堵しているのか、笑った彼女に微笑み返した。

それから少しだけ近況を報告し合い、秋廣にまた会いに来ることを約束して、瑠佳は屋敷を後にした。

さて、これからカノンと三峯に叱《しか》られる心構えをしなくてはいけない。

小さく拳を握って気合を入れると、赤い唇をきゅっと尖らせた。

「一人で外に出るな……なんて、過保護すぎるんだよ」

心の内を小さく吐き出す。

しかし誘拐されかけた理由が未だにわからないのだから、仕方がない。けれどもマンションのエントランスまで新聞を取りに行くぐらいは許してほしかった。

大きくため息をつき、スマートフォンの画面を見る。

時刻を確認すれば、事務所を出てから一時間も経っていた。

「急いで戻らなきゃ！」

あまりにも帰りが遅いと、説教の時間が長くなるかもしれない。

瑠佳は大通りへ出て、タクシーを捕まえようと走り出した。

その時、見覚えのある黒いバンが急に目の前に現れて、大きなブレーキ音を立てて停車した。

「……えっ？」

ドクンと鼓動が一つ鳴り、背筋に冷たい汗が一気に流れる。

いつか見た光景に、身体が強張り動けなくなった。

黒ずくめの男たちが一斉に車から飛び出してきた。今度は屈強な男が四人もいる。

「い、いやだ……っ！」

状況を察し、縺《もつ》れる足で駆け出した。

しかし数メートル走ったところで腕を摑まれてしまう。

「は、離してっ！」

大声を上げても、昼過ぎの住宅街には人影もない。息をひそめたようにひっそりとしている。

瑠佳は必死に手足をばたつかせ、口元に当てられたハンカチから逃れようとした。

「んん――っ！」

しかし、もがけばもがくほど呼吸は荒くなって、薬品が肺を満たした。

視界が歪み出す。

頭がぼうっとして意識が遠のくのがわかった。

握っていたスマートフォンが手から落ちる。

暴れたせいで、ポケットから父親の形見のプリズムが飛び出した。

硬質な音を響かせてアスファルトに落ちたそれは、角が欠けてひびが入ってしまった。
――あぁ、ごめんね。父さん……。
焼け落ちた自宅から見つけた、唯一の父親の形見。
それなのに、傷物にしてしまった。
途切れる意識の中で、瑠佳は七色に輝く光だけを見ていた。
心の中で、父親に詫びながら。

【7】明かされる真実、鍵の行方

カビ臭い匂いが鼻を突いた。

「ん……」

海の底から浮き上がるように、ゆっくりと意識が明確になる。

――ここ、どこだろう……？

気分が悪かった。まるで二日酔いのような吐き気と目眩が瑠佳を襲う。きっと先ほど吸わされた薬品のせいだろう。

重怠い頭で周囲を見渡すと、自分の状況がやっと理解できた。

頬には冷たいリノリウムの床。

窓には薄汚れたクリーム色のカーテンがかけられ、大きな黒板に教壇。無造作に壁に寄せられた教室用机。

詳しい場所まではわからなかったが、ここは廃校なのだろう。

そして床の上に自分は転がされている。後ろ手に両手首を縛られて。

「目が覚めたか？」

背後から軽く背中を蹴られた。

恐怖よりも驚きで振り返ると、見知らぬ男が椅子に腰かけたまま、瑠佳の背中を土足で何度か蹴った。

「思ったよりも元気そうでよかった。これならあの人の話をちゃんと聞けるな」

「あの人？」

薄ら笑いを浮かべた屈強な男は、その整った容姿と大きな体躯《たいく》からアルファだとわかった。他の三人の男たちも身体が大きかったので、きっとアルファに違いない。

彼らアルファは優等種だが、中には人の道を踏み外す人たちがいるらしい。

以前三峯に聞かされたことがあった。

彼らはきっと、そういったアルファなのだろう。

優秀でありながら恵まれた環境で育つことができなかった、捩《ね》じれた人生を歩んできた者たち。

「お、瑠佳ちゃんはお目覚めか」

教室のドアを開け、もう一人やってきた。

その手には白いコンビニ袋がぶら下がっていて、中から缶コーヒーを取り出すと、二人は黙ってそれを飲み出す。

瑠佳の目の前にも缶コーヒーが置かれたが、腰のあたりで手を縛られている状況では、飲むことすらできない。

怯《おび》えながらも、どこか冷静に今を捉《とら》えていた瑠佳は、必死に逃げ出す隙はないかと探していた。

しばらくすると部屋には自分を誘拐した四人の男たちが揃っていて、それぞれが椅子に座ったり、壁に寄りかかったりしながら瑠佳を監視している。

こんなにも多くの目があっては、下手に動くことはできない。

しかも彼らはみなアルファだ。体格だけでなく、運動神経にも恵まれている彼らから、運動が苦手で鈍臭い瑠佳が逃げ切れる自信などなかった。

（どうしよう……？）

助けを呼ぼうにも、ＧＰＳ機能付きのスマートフォンは、岸田邸の前に落としてきてしまった。父親の形見のプリズムとともに。

もしスマートフォンがあったなら、過保護な三峯が瑠佳の場所を探し出し、助けに来てくれる可能性もあった。しかしこの状況ではそれも望めない。

緊張で委縮する気持ちを奮い立たせようと、大きく息を吐き出す。

——ここで諦《あきら》めるな。きっと打開策はある！

弱い心を叱咤し、瑠佳はぐっと奥歯を噛み締めた。

「なんだ。みんなここにいたのか。探す手間が省けたな」

するると教室の引き戸が開き、聞き慣れた声がした。

「あんたがこいつを見張っとけって言ったんだろう？　大将」

「確かに。瑠佳が逃げないように見張っとけとは言ったが、お前たちみたいな強面《こわもて》の男がちっちゃい瑠佳を囲んでいると、それだけでいじめているように見えるな」

革靴の音を響かせて、彼は瑠佳へとゆっくり近づいてくる。自由にならない体勢では彼の顔を見ることはできなかったが、それでも瑠佳は彼が『誰なのか』わかった。

「……どうして？　どうしてあなたがここに？」

信じられない気持ちで震えながら愕然《がくぜん》としていると、目の前に置かれた缶コーヒーを彼は蹴った。邪魔だと言わんばかりに。

「どうしてだと思う？　どうして俺がここにいると思う？」

「……どうして、ですか？」

冷ややかな目で見下ろされ、ゴクンと唾を飲み込んだ。そして今にも泣いてしまいそうな眼差しで彼を見上げる。

信じられなかった。

この状況を嘘だと言ってほしかった。

自分を拉致《らち》して監禁して、冷たい瞳で見下ろす男。

瑠佳は意を決すると、口を開いた。

「もしかして、あなたが僕の父さんを殺したんですか？」

脈絡のない問いだったけれど、瑠佳の中では自分の誘拐と父親の殺害が、一本の線で繋がった。

「よくわかったな。いつもノー天気に過ごしているから、お前がそこまで鋭いことを言うとは思わなかったよ。……バカはバカなりに、ちゃんと頭使って生きてんだな」

彼の言葉から、これまで自分は見下されていたのだとわかった。

あんなにも好きになった男なのに。

あんなにも好きだと言ってくれた男なのに。

「あなたにとって、僕はなんだったんですか？」

名前を呼ぶと、彼の笑みはさらに酷薄なものになった。怯える瑠佳を楽しむかのように。

「お前は俺にとって最も大切で、最も憎いものだった。瑠佳」

しゃがみ込んだ彼に顎を掴まれる。そしていつもしてくれたように優しく微笑むと、ゴミを捨てる手つきで瑠佳の顎から手を離した。反動で頭をしたたか床に打ちつける。

「さぁ、これから質問タイムだ。俺がここにいることを不思議に思っているんだろう？せめてものはなむけだ。死ぬ前になんでも答えてやるよ」

正面の椅子に足を組んで座った彼は、膝の上で手を組むと穏やかに笑った。

今は恐怖よりも混乱の方が大きい。

彼は自分を殺す気なのだ。

心臓が引き攣《つ》るように逸《はや》り、全身に汗が噴き出す。

転がされたままの体勢で首だけを上げて、瑠佳は愛しかった男をキッと睨みつけた。

「それではお訊ねします。どうして僕を誘拐したのか。そしてどうして僕の父親を殺したのか。教えてください、秋廣様」

睨んだ先の彼の瞳には、もう色も輝きもなかった。

穏やかで優しかった雰囲気も、今は微塵《みじん》も感じられない。蠟人形《ろうにんぎょう》のように血の通わない、冷笑を浮かべるただの男が座っていた。

頰もこけ、白かった肌はさらに白くなり、秋廣の身体は一回り小さくなった印象がある。食事もとれないほど神経を衰弱させ、栄養失調で倒れたという話を瑠佳は思い出した。

確かに、今の秋廣はやっとといった様子で椅子に座っている。

落ちくぼんだ眼だけが、ぎょろぎょろと神経質な動きを見せていた。

「どうしてだと思う？」

にっこりと微笑みながら、秋廣は質問を質問で返した。そして椅子を倒しながら立ち上がると、瑠佳の横顔を革靴の底で踏んだ。

「い、痛……っ！」

ぎゅっと体重をかけられて、床と靴に挟まれた頭蓋骨《ずがいこつ》がミシッと音を立てた。

「お前のその目がムカつくんだよ。自分は無垢《むく》ですって顔しやがって。その媚《こ》びた目で三峯のことも誘ったのか？」

「な、何言って……？」

これまで自分を宝物のように扱ってくれた秋廣の変貌《へんぼう》ぶりに、心がついていかない。

「お前が俺の天使？　いつかふさわしい人間になる？　はっ、自分で言ってて可笑《おか》しくて堪らなかったよ」

顔を踏みつけたまま、腹を抱えて笑い出した秋廣に、目の前が真っ暗になった。

「お前がずっと大嫌いだった。近所の小汚いオメガに声をかけたらほいほい懐きやがって。貧乏で可哀想《かわいそう》だからちょっと目をかけてやったのに。お前が三峯の『運命の番』？　ふざけんなよ！　お前と出会う前から、三峯は俺のものだったんだ！」

どんな時でも、秋廣は自分のことを『僕』と言っていた。しかし今の彼は己を『俺』と言い、これまで見たこともないほど残酷な笑みを浮かべている。

グリッと踏みつけられる痛みに耐えながら、瑠佳は自分を睨む秋廣から目を離さなかった。

「ふん、少しは肝の据わった顔をするじゃないか。アホ面下げたお前が、俺を睨み返すなんて。いいだろう。どうしてこんなことになってるか、馬鹿なお前にはわからないだろうから教えてやる。殺される前に、真実は知っておきたいだろうからね」

鼻を鳴らすと、秋廣は足を退《ど》けた。

そして薄ら笑いを浮かべながら腹を蹴り上げると、痛みと苦しみで呻《うめ》く瑠佳の髪を引っ張る。

上向かされて、狂気じみた秋廣の視線とぶつかった。

自分は今まで、彼の何を見てきたのか？

どこを愛しいと思っていたのか？

混乱は鼓動の速さとともに、増すばかりだった。

「俺とお前が会ったのは十二年前だったな。俺が高校生で、お前は小学生だった。その頃から俺は三峯と肉体関係を持っていたんだよ。でも、どんなにアプローチしても、あいつは俺の心までは愛してくれなかった。不思議だろう？　金も、家柄も、美貌《びぼう》も持ったこの俺を」

「秋廣……様……？」

彼はこんなことを言う人間ではなかった。決して自分を驕《おご》りたかぶったりしなかった。

いつも謙虚で、控えめで、優しくて……。

しかしその姿は表向きのもので、本当の姿は傲慢《ごうまん》で自己中心的で、残忍だったのだ。

「俺はどんどん三峯を好きになっていったよ。俺たちはお前と違ってアルファ同士だからね。きっといいパートナーになれるはずだった。なのに突然お前が現れたんだ。十年前の花見の席で、三峯がお前の首に噛みついたのを見て、もしやと思ったよ」

悔しげに秋廣は眉を歪めた。

「あの時、お前たちは感じていたんだろう？　互いの性フェロモンを。だから三峯はお前の首に歯を立てたんだ。理性とは関係なく、あいつは本能でお前を求めたんだよ」

さらに強く髪を引っ張られ、瑠佳の顔に苦悶《くもん》が浮かぶ。

「その時の俺の悔しさがわかるかい？　こんなにも愛しているのに、後から現れたオメガに三峯を掻《か》っ攫《さら》われたんだ。『運命の番』なんてまやかしの理由でね。だから絶対に三峯をやらないと決めた。お前のことは目障りだったから、ルフュージュにも入れたんだ」

「ルフュージュへ入れてくれたのは……僕のことを思ってではなかったんですね」

「ほんとにおめでたい奴だな、お前は。ずっとそう信じていたのかい？」

大声で笑い出した秋廣は、さらに言葉を続ける。

「だけどお前は、俺に相談することなくルフュージュを出てきてしまった。父親が心配だと言ってね。だから牽制《けんせい》したんだよ。三峯に近づかないように」

「牽制……って？」

「見ていただろう？　俺と三峯が抱き合っているところを」

その時の光景を思い出し、瑠佳はひゅっと息を吸い込んだ。

「やっぱり、秋廣様と隼人さんずっと付き合っていたんですか？」

「そうだよ……と言いたいけれど、残念ながら違う。お前に出会ってから、三峯は一切俺を抱かなくなった。だから渋る三峯にもう一度だけ抱いてくれって懇願したんだ。この俺が頭を下げてね。あいつは手ごわかったよ。でも俺を抱いてくれたら、瑠佳に会わせてやると言ったんだ。ルフュージュからこっそり連れ出して、会わせてやるってね」

「ルフュージュから？」

「あぁ。うちの会社は全国のルフュージュに商品を卸しているからね。出入りが自由な社員も多い。入所しているオメガを連れ出すなんて簡単なんだよ。このことを提案すると、三峯はすんなり俺を抱いてくれた。……それだけお前に会いたかったというわけだ」

憎々しげに頰を引き攣らせた彼は、床に叩きつけるようにして瑠佳の頭を離した。

「でも、牽制しただけじゃだめだった。お前と三峯が惹かれ合っていたのは一目瞭然《いちもくりょうぜん》だった。まぁ知っていたけどね。あいつが執着を見せるのはお前だけだ。……だからこの世から消そうって思ったんだよ」

「消すって……」

嫌な予感がしてごくりと唾を飲み込むと、

「どうしてあの日、お前は生菓子を食べなかったんだ？　焼けた自宅から焼死体で見つかるのは、お前だったはずなのに」

言葉が出なかった。

必死に何かを紡ごうとするのに、あまりのショックで頭と口が連動しなかった。

「お前の親父《おやじ》さんが服用してる睡眠薬まで、わざわざ調べたのに……。それなのに焼け死んだのが親父さんだけなんて。さすがの俺でも笑えなかったよ」

秋廣は、瑠佳を使用人として働かせながら、三峯と番にならないよう監視していたこと。そして「好きだ」という嘘を言い聞かせて、三峯に関心を持たせないようにしていたことを話した。三峯のよくない噂も吹き込んで……。

「でも、よかったなぁ瑠佳。死ぬ間際に全部知ることができて。これは俺の最後の優しさだよ」

瞳を揺らして秋廣を見つめていると、彼はポケットから小さな鍵を取り出した。

「これ、なーんだ？」

「それは……」

答えを聞かなくても一目でわかった。あれは秋廣がくれた首輪の鍵だ。

「首輪なんて、ずっと邪魔だったろう？　今外してあげるよ」

秋廣が首輪に手をかけると、男たちがじりっと距離を詰めてきた。

「えっ？」

その異様に高揚した雰囲気に、身体が自然と震え出す。

「お前をただで死なせるなんてつまらないからね。最後に一興見せてくれよ」

「一興……？」

嫌な予感にざわざわと肌が粟立《あわだ》った。

「この男たちはみんなアルファだ。この世の最上位であるにもかかわらず、ちょっとしたことで落ちぶれてしまってね。ヤクザなんて仕事をしている。ほら、三峯がよく弁護しているだろう？」

男たちは瑠佳の身体を押さえつけると、徐に服に手をかけた。

「やだっ！　やめてっ！」

「お前は父親の仇《かたき》だと思っていた男たちに、犯されて死ぬんだよ。自殺に見せかけてね。自殺理由は『三峯に操立て』ってことでいいかな」

「い、いやだっ！」

「どこの骨ともわからないアルファに首を噛まれて、お前なんか死ねばいい。あの世へ行っても、三峯と番になるなんて許さない」

「や、やだぁ――……っ」

一気にシャツを破かれて、白いボタンがリノリウムの床に弾け飛んだ。必死に足をばたつかせたけれど押さえ込まれて、ズボンのボタンを外される。

――いやだっ！　いやだっ！　助けて、隼人さん！

心の中で、狂気のように叫んだ時だった。

派手な音を立てて突然窓ガラスが割れ、こぶし大の銃弾のようなものが飛び込んできた。

それは白い煙を吐きながら室内を転がり始め、一瞬にして視界を曇らせていく。

「な、なんだ⁉」

腕で顔を覆い、男たちが戸惑う。

「くそっ！　これは煙幕だ！　警察に気づかれたな！」

忌々しげに舌打ちすると、男たちは逃げようと引き戸に手をかけた。

すると複数のブーツの足音が廊下から聞こえて、防具を着けた警官たちが突入してくる。

「動くな！」

逃げ惑う男たちが次々と取り押さえられていく。

その様子を茫然と眺めていると、煙の中から必死な形相の三峯が現れた。後ろにはカノンの姿もある。

「瑠佳！　大丈夫か？　瑠佳！」

呼びかけに、強張っていた心と身体が弛緩していく。

「……三峯さん。カノンも……なんでここに？」

腕を縛っているロープを解きながら、カノンが教えてくれた。

「瑠佳ちゃんがメモを置いていなくなったから、マジ焦って。俺らに黙って行くほどだから、三峯に禁止されてる場所じゃないかと思って。岸田邸まで行ったんだ」

解けたロープを放り捨てると、カノンは手を引いて立たせてくれた。

その肩を三峯が強く抱いてくれる。

「お前のスマホと、親父さんの形見のプリズムが落ちてたのを見つけてな。これはただ事じゃないと思った。だから前々から秋廣のことで相談していた、藤咲さんに協力を求めたんだ」

「藤咲さんに？」

この言葉に、彼を振り仰いだ。

「あぁ、そうしたら殺しや誘拐を専門に請け負ってるアルファの集団が、瑠佳に似たオメガを攫ったっていう情報を仕入れてくれて、この場所がわかった」

「そうだったんですか……」

全身から一気に力が抜ける。

安堵したせいか目眩まで覚えた。

その身体を三峯に抱き留められたのと同時に、警官が叫んだ。

「男が一人逃げたぞ！」

「えっ！」

煙幕が広がり騒然とする中、蹴破られたドアから秋廣が飛び出していくのが見えた。

「秋廣っ！」

瑠佳をカノンに預けると、三峯は彼の後を追った。

反射的に瑠佳も駆け出していた。

カノンも一緒に走り出す。

秋廣が逃げていった先は、階下ではなく上階だった。

「……秋廣っ！」

三峯と警官たちが辿り着いたのは屋上だった。

息を切らし、瑠佳もカノンも追いつく。

錆《さ》びたフェンスを乗り越え、秋廣は屋上の縁に立っていた。

「やめるんだ。秋廣」

彼が考えていることを察し、落ち着かせるように三峯は冷静に口を開いた。

「お前は何も知らないんだな。三峯……」

振り返り、嫣然《えんぜん》とした笑みを浮かべる秋廣に、彼は首を横に振る。

「いいや、全部知っている。お前が瑠佳をどう思っていたのか。そして俺をどう想っていたのか」

この言葉に、瑠佳もカノンも大きく目を瞠った。

「それなのに、あんなに冷たくしたの？」

「冷たくなんかしていない。お前は大事な親友だ。それ以上でもそれ以下でもない」

「だから、それが残酷だって言ってるんだよ。俺との付き合いを切らなかったのだって、俺が瑠佳を人質にとっていたからだろう？　使用人として」

三峯は答えなかった。

それが答えだった。

「やっぱりね」

苦笑した秋廣に、じりっと三峯が距離を詰める。

「来るなっ！」

叫んだ彼は、こちらを向いて一歩後方に下がった。

瑠佳の身体は反射的に動いた。

今にも落ちそうな彼に、手を差し伸べたくなる。

しかし、全身に冷や汗をかいている瑠佳とは対照的に、いたって三峯は落ち着いていた。

「瑠佳の親父さんを殺したのもお前だな」

静かな問いかけに、一同が固唾《かたず》をのんだ。

「正確には、瑠佳を焼身自殺に見せかけて殺したかったんだよ。なのに瑠佳は僕がやった生菓子を食べなかった。多分父親に全部やってしまったんだろうね」

「それで眠った頃を見計らって、家に火をつけたのか？」

「そうだよ。僕じゃなくて依頼した殺し屋が……だけどね」

観念したように微笑むと、秋廣は徐に鍵を見せつけた。

小さな金色の鍵は、曇り空を背景に鈍く輝いていた。

「これがなんだかわかる？」

「瑠佳の首輪の鍵か？」

「相変わらず鋭いね、お前は。そんなところが大好きだったよ」

一際強い風が吹いて、全員の髪を逆巻くように靡《なび》かせる。

どこからともなく粉雪が舞い出して、鈍色《にびいろ》の世界に白い斑点《はんてん》を描き出した。

息も白く凍る。

秋廣が泣いていた。

微笑みながら涙を流している。

「秋廣様……」

瑠佳の呼びかけに、彼は顔を上げた。

そしてすべてを悟ったように、穏やかにこちらに目を遣《や》る。

「瑠佳は、本当に単純でバカで純粋で。貧乏で小汚いオメガのままだったら……あのまま
ずっと弟のように可愛がれたのに」

この言葉には、諦めも温かさも混じっていた。

心が震えた。こんなにひどいことをされたのに、まだ自分は秋廣を尊敬している。真実を受け入れられないというのもあるだろう。

しかし自分はまだ、彼を慕っていた。

「秋廣様、まだやり直せます。罪を償って、また僕が淹れた紅茶を飲んでください！」

叫びは白い塊となって、本格的に降り出した雪の中へと消えていく。

「お前は本当に馬鹿だね。自分を殺そうとした男に、紅茶を飲ませようっていうのかい？」

「はい！　秋廣様のためだったら、何度だって淹れます！」

この言葉に彼は声を上げて笑った。その笑い声は、かつて岸田邸に響いていた明るいものだった。

「本当に瑠佳はバカだ。でも、お前の淹れた紅茶は世界で一番美味しかったよ」

主の顔で微笑むと、秋廣は躊躇うことなく小さな鍵を口の中に放り込んだ。

「何を……!?」

三峯が問う前に、大きく喉仏を上下させて、秋廣はそれを飲み込んでしまった。

「僕は絶対にお前たちを番にさせない。お前たちは幸せになんかなれないよ。『運命の番』であろうと、絶対に幸せになれない。これは俺の『呪《のろ》い』だ……」

「秋廣!!」

「瑠佳……バイバイ」

十字架にかけられた罪人のように両手を広げると、彼は安らかな顔で天を仰いだ。

そしてふぅっと後方へ身体が傾いだかと思うと、そのままゆっくりと倒れていく。

「秋廣様ーっ！」

もちろんその先に受け止めるものなど何もなく、まるで宙を舞うように秋廣の身体は屋上から落ちていった。

「いやだ……！　いやだ、秋廣様ーっ‼」

駆け寄ろうとすると、強く三峯に抱き留められた。

「行くな！　見るんじゃない！」

この言葉に現実を知った。

きっとこの下には、自ら命を絶った主がいるのだ。

誰よりも自分を可愛がり、そして誰よりも自分を憎んだ大事な彼が、首輪の鍵を体内に秘めたまま絶命している。

「秋廣様……っ」

三峯にしがみつき、瑠佳は泣いた。

いつだって秋廣は優しかった。穏やかだった。

たとえ自分のことをどう思っていたとしても、その姿が瑠佳にとってはすべてだった。

毎日のように彼は自分を天使だと言ってくれたが、瑠佳にとって天使は秋廣だけだ。
真実をすべて聞かされても、あの笑顔が脳裏から離れない。
「僕の愛おしい天使」
もう一度だけ、あの声で言ってほしかった。
名前を呼んでほしかった。
「瑠佳」と、笑ってほしかった。
しかしもう、彼はこの世にいない。

【8】首輪の呪縛《じゅばく》から解き放たれて

春の風には、初夏の匂いが混ざっていた。

花も散った桜には青々とした葉がつき、日の光を反射して輝いている。

半歩先を歩く三峯と手を繋ぎ、瑠佳はある場所へと向かっていた。

秋廣の祖父、岸田会長が警察に太いパイプを持っていたことから、彼が起こしたことはメディアに取り上げられることはなかった。

しかし岸田商事の後継者の死は、祖父である会長と社長の父親が突然辞任したこともあり、しばらく世間を騒がせた。

それから三カ月。人の噂も七十五日というけれど、すっかり人々は秋廣の死を忘れていた。

瑠佳は三峯とともに高台にある霊園に着くと、手にしていた白い花束を墓前に供える。

立派な御影石の墓石の下には、秋廣が静かに眠っているのだ。

三峯と瑠佳は、彼の月命日になると二人でここへやってくる。

「秋廣様、昨日面白いことがあったんですよ……」

まるでそこに彼がいるかのように、瑠佳は決まって近況報告をする。三峯は黙ってそれを聞いていた。

秋廣の死後、瑠佳は三峯からあることを聞かされた。

カノンも帰った事務所で、二人で取り留めもない話をしていた時だ。

「父さんが……自己破産を？」

「あぁ」

時任組の弁護をしていく中で、瑠佳の父親に多額の借金があることを知った三峯は、独自に調べたそうだ。

するとこの借金は彼が作ったものではなく、連帯保証人となったために背負わされたこと。そして父親が自己破産を考えていることを知った。

「だからお前の親父さんが亡くなったあの日、俺は自己破産を思いとどまらせようと説得に行ったんだ」

「なぜ？」

「自己破産すると、その人がどうなるか知ってるか？」

「なんとなくは……」

事務員といっても、この数カ月弁護士事務所で働いていたのだ。だから自己破産処理の書類を何度か清書したことがある。しかし、具体的な例はわからなかった。

「まず、抵当権のついた店舗兼自宅は競売にかけられる。だからお前も親父さんもあの家から出ていかなきゃならなかった。けれど親父さんの店はとても繁盛していて、貯金もあったし、俺は親父さんに返済能力があると判断したんだ。だから大変かもしれないけど、安易に自己破産せず、瑠佳のためにもこの店を残してやってほしいと頼みに行った」

「お店を……」

「あぁ。お前が調理師免許を取ったという話は、秋廣から聞いていたからな。親父さんの店を継ぎたいと言っていることも」

だから三峯は、あの日自己破産を考えている父親に会いに行ったのだ。自分が自己再生手続きをするから、店を手放さないでくれと。法に則って自己再生すれば、借金を十分の一まで減額でき、ローン返済済みの車も預貯金も守ることができる。だから安易に自己破産しないでくれと、父親に頼みに行ったのだ。

すると父親は涙を流して喜んだという。

自分も瑠佳にこの店を残してやりたかった。だから月々の返済も頑張ってきた、と。しかし取り立てや嫌がらせに耐えられず、自己破産を選ぼうとしていた。

だから父親は三峯の提案に希望を見出したのだ。

「なのにその日、親父さんが焼身自殺を図ったと聞いて、強い違和感を覚えた。借金苦から解放されるとわかった日に、自殺する人間がいるか？」

　一旦言葉を切って、三峯は机の上にあったコーヒーを飲んだ。

「だからずっとお前の親父さんの死が頭の隅に引っかかっていたんだ。自殺だと聞かされたが、お前同様、俺は自殺だと思えなかった」

「どうして、今になってその話を聞かせてくれたんですか？」

　静かに問うと、しばらく考え込んでから三峯は顔を上げた。

「このことは黙っていてほしいと、親父さんに言われていたからな。自分が自己破産を考えていたことも、俺が自己再生を勧めたことも、ちゃんと自分から話したいと言っていた。だから俺はずっと黙っていたんだ。依頼人が亡くなったとしても、守秘義務は発生する。だから相手がお前であっても、安易には話せなかったんだよ」

　三峯の話は納得ができた。

　彼は弁護士だ。

　たとえ恋人の家族であっても、依頼人の情報を簡単に話せるわけがない。

「だけど隼人さんは今、僕に父さんのことを話してくれた。なぜですか？」

「秋廣の事件があって考えさせられたんだ。これまではお前に心配させたくなくて、不穏なことは極力話さずにきた。でもそれがこういった形で表れてしまった。お前の誘拐と、殺人未遂という形でな」

小さくため息をつき、三峯は苦笑した。

「だから今後は、できるだけすべてを話そうと思った。瑠佳は想像以上に行動力があるからな。今回みたいに突っ走って、また危ない目に遭われたら困る。そうなる前に全部話して、危機回避することにしたんだ」

「危機回避、ですか」

「あぁ」

この際だからと、瑠佳は気がかりだったことを訊いてみた。

「では、その危機回避のために、もう一つだけ教えてください」

「なんだ？」

「どうして深夜に、僕に黙って藤咲さんと会っていたんですか？」

「そのことも知っていたのか」

彼は平然としていた。疚《やま》しいことなど何もないといったふうだ。

「ちょうど瑠佳がこの家に来たぐらいの時だな。藤咲さんから、秋廣が質《たち》の悪いアルファと関係を持っていると情報をもらった。最初は信じられなかったが、そのアルファは誘拐や殺人を専門に扱っていると聞いて不安になったんだ。あいつは俺のことがずっと好きだったからな。お前を疎ましく思っていたのは知っていた。でも本当の弟のように可愛がっていたのもわかってたんだ。だからその均衡が崩れて、瑠佳に何かあってはいけないと、ずっと目を光らせていた」

「じゃあ、深夜に会っていたのも？」

「藤咲さんから秋廣の情報をもらっていた。最近特に不審な様子を見せてるってな」

「不審？」

「もしかしたら、コーヒーショップの前で瑠佳を誘拐しようとしたのは、秋廣の手下じゃないかと」

「そこまでわかっていたんですか」

「あぁ。だから一人で外に出るなと言ったんだ。秋廣が犯人だという証拠が掴めるまで」

この時、瑠佳はショックよりも悲しみを覚えた。

秋廣は本当は優しくて穏やかで、大らかな人物だったのだ。

でも愛していた三峯が自分と番だったばっかりに、彼を追い詰め、人格までも変えさせてしまった。そうとしか思えなかった。

墓前にもう一度手を合わせ、瑠佳は立ち上がった。

斜め後方にいた三峯に微笑む。

真相を知ってすっきりした気持ちと、大事な父親や秋廣が亡くなってしまったことに、今でも悲しみやモヤモヤが拭えない。

再び三峯と手を繋ぎ、瑠佳は歩きながら考えた。

彼とは番になりたい。

でもこんなにも犠牲を払ってまで、本当に結ばれていいのだろうか？

秋廣の墓参りの帰りに遅めのランチをとり、自宅へ帰った。

今日は休日であることもあって空気ものんびりとしていて、時間の流れも穏やかだ。

瑠佳は三峯と昼寝をしようと、寝室へ向かった。

その時、インターフォンが鳴ってリビングへと引き返す。

「はい、どちら様ですか？」

キッチン脇にあるモニターを見ながら応答したが、そこには鞠子の姿があった。

「鞠子さん？」

驚いて玄関まで走った。そして扉を押し開ける。

「あ、瑠佳くん……。こんにちは」

「こんにちは、鞠子さん。今日はどうしたの？」

「うん、ちょっと渡したい物があって。……お家、入ってもいいかな？」

「もちろん、どうぞ」

三峯も寝室から顔を覗かせ、三人でリビングのソファーに腰を下ろした。

最初は他愛《たわい》もない会話が続いた。

天気の話から始まり、すっかり静まり返った屋敷の様子を聞き、多くの使用人が解雇されるかもしれないという話まで聞いた。

「それでね、瑠佳くんにこれを返そうと思って」

「返す？」

茶色いボストン型の鞄《かばん》を漁《あさ》ると、鞠子はジッパー付きの小さな袋を取り出した。

「これって……」

「うん、瑠佳くんの首輪の鍵。……検死解剖がされた時にね、秋廣様の胃の中から出てきたの」

「胃の中から？」

鈍色の空を背景に、秋廣が鍵を飲み込んだ時を思い出す。

「警察からね、秋廣様の身の回り品を返された時、一緒に渡されたの。でも『これは瑠佳の物だから』って大旦那《おおだんな》様がおっしゃって。返すようにと仰せつかったのよ」

「そう……ありがとう」

手を伸ばして袋を受け取る。

それは思いの外重かった。

瑠佳の首輪はオーダーメイドの特注品だ。しなやかで鉄より強いナノファイバーを使用したもので、普通の刃物では切ることができない。

秋廣が鍵を飲み込んだまま自殺した今、もう鍵は永遠に手に入らないと思っていた。

「病院に行って、ディスクグラインダーで切ってもらえば？」

カノンにはそんなことを提案されたが、秋廣への複雑な思いから、なかなか踏み切れずにいた。

瑠佳は勝手に、これを秋廣の『呪い』だと思っていた。

永遠に外れることのない首輪は、死の直前に彼が言っていた『呪い』だったのだ。瑠佳と三峯が決して番になることはできない、秋廣の『呪い』……。

「大旦那様も旦那様も、瑠佳くんには悪いことをしたっておっしゃってて。だからまたお屋敷に顔を出して。お詫びがしたいそうだから」

玄関で靴を履き、鞠子は振り返った。そして長い髪をさらりと零しながら、二人に頭を下げる。

マンションの下まで彼女を見送り、駅へと消えていく背中に手を振り続けた。

片手には鍵が入った袋がある。

瑠佳は鞠子が消えていった人混みを、いつまでも見つめていた。

「どうする？」と三峯に訊かれたのは、その日の晩だった。

「何をですか？」

夕飯の食器を洗い終えてタオルで手を拭いていると、静かに見つめられた。

「首輪の鍵、いつ開ける？」

「あ……」

赤い首輪に瑠佳は触れた。

長年自分の身体の一部のように、そこにある首輪を撫でる。

エプロンの裾を握り、しばらく逡巡した。

「瑠佳？」

心配そうに彼が声をかけてきた。

「……あの、この首輪。このままじゃダメですか？」

「どうして？」

見上げなくても、三峯が首を傾げたのがわかった。

「これは秋廣様が最後にかけた『呪い』なんです。僕らを幸せにはさせない『呪い』。だから僕たちは幸せになっちゃいけないんだって……」

「それこそ秋廣の思う壺《つぼ》だろ？」

「えっ？」

ため息交じりの言葉に顔を上げた。

『呪い』なんてものはこの世に存在しない。けれども言葉には、相手を心理的に縛りつける作用がある。命令や誘導なんかがそうだ。だから『呪い』もその一種なんだよ。秋廣の言葉自体にはなんの効力もない。『呪い』なんて存在しない。でも……」

「でも？」

自分を見る彼の黒い瞳を見つめ返した。

「瑠佳が秋廣を忘れられなくて、俺と番になるよりも秋廣との思い出を取るっていうなら、無理強いはさせない。どちらを選ぶかはお前次第だ」

「そんな……っ！　僕は隼人さんと番になりたい」

「だったら答えはもう出てんだろ」

「そう……なんだけど……」

再び俯くと、瑠佳は唇を嚙んだ。

瑠佳の中で、秋廣に対する複雑な気持ちは消えない。

許せない気持ちと感謝の気持ちで、グシャグシャになっている。

きっとこの感情は、一生消えることはないのだ。

だからこそ、首輪から解き放たれなければいけない気もした。

首輪の鍵を開けることで、秋廣への憎しみからも恋しさからも、解放される気がしたのだ。

「いいのかな？　僕たち幸せになって」

「いいんだよ。幸せになって」

「でも、僕と隼人さんが『運命の番』だったばっかりに、父さんも秋廣様も死んだんだよ？」

「親父さんのことは不幸だったと思う。だけど俺は、どうしても秋廣のことを親友以上には思えなかった。だから秋廣に関してお前が責任を感じることはない。その責任を負って一生生きていくのは、あいつの想いを受け入れられなかった俺の務めだ」

「隼人さん……」

彼の言葉に目を瞠る。

彼もまた、秋廣の死に責任を感じていたのだ。

「そんなこと言わないで、隼人さん。あなたの罪なら、僕も背負うから」

広い背中に腕を回し、強く抱きついた。

「瑠佳、俺と番になってくれるか？　秋廣の死を乗り越えられるぐらい、俺を幸せにしてくれるか？」

「はい。あなたを幸せにします。だから隼人さんも僕を幸せにしてください」

「もちろん、一生かけて幸せにするよ」

愛してる。

耳元で囁かれて涙が零れた。

きっと自分たちは、秋廣の『呪い』から解き放たれるために、一生努力をしなければならないのだ。互いを想い、愛し合い、幸せになるための努力を。

「僕も愛してる。隼人さん」

重なってきた唇を受け入れた。

その感触は何よりも確かで、優しくて、愛おしくて。

瑠佳は永遠に手放さないと、強く心に誓ったのだった。

＊＊＊

二十三回目の誕生日は、朝から落ち着かなかった。

先月、瑠佳は三峯の両親と妹に挨拶を済ませた。気の早い彼は、フランスの古城で結婚式を挙げたいのだと、その足で式の予約も入れた。

今月の発情期は三日前から始まっている。

しかし休日である今日は、三峯に言われて朝から発情期抑制剤を飲んでいない。

入浴を済ませてパジャマに着替えた瑠佳は、自分の甘い性フェロモンが充満する寝室で、ベッドに腰かけて彼を待っていた。

「瑠佳？」

声をかけられてビクリと身体が跳ねる。

左手の薬指には、もらったばかりの指輪が嵌められていた。

その手を膝の上で強く握りながら、そろりと顔を上げる。

風呂から上がったばかりの彼が、タオルで髪を拭きながらこちらへやってきた。

「なんで真っ赤な顔してんだよ。処女でもあるまいし」

「だ、だって……今日は特別だから。なんか緊張して……」

「特別って、婚姻届けを出したから？」

「それもあるけど……」

「首輪を外すから？」

「うん」

心はもう決まっていた。

三峯と番になることになんの躊躇いもない。

番になれば三峯は瑠佳の性フェロモンにしか反応しなくなり、瑠佳もまた三峯にしか反応しなくなる。しかも瑠佳の性フェロモンは三峯しか引き寄せなくなるので、発情期抑制剤を服用することもなくなるのだ。

しかし、一つだけ拭えない不安があった。

「どうした？」

未だに俯く瑠佳を、三峯が跪《ひざまず》いて見上げた。

彼はもう脱ぐことを前提に、下肢にスウェットしか穿いていない。

「瑠佳」

名前を呼ばれて、窺うように視線を絡ませる。

「隠し事はするな。なんでも話せ」

「うん……」

大きく息を吸い込むと、もう一度三峯を見つめた。

「あのね。本当に……僕なんかでいいの？」

声が震えるほど緊張したのに、三峯は呆れた視線を向けると、瑠佳の鼻をギュッと抓《つま》んだ。

「ふぎゃ」

驚いて、間の抜けた声が出る。

「なんだ。今さらマリッジブルーか？」

「マ、マリッジブルーなんかじゃないよ！　ずっと考えてたんだ！」

摘まれた鼻を摩りながら言葉を続ける。

「だって、僕と番になったら隼人さんはもう誰も愛せなくなっちゃうんだよ？　もし僕に飽きて他の人を好きになりたいと思っても、それができなくなるんだよ？」

「できなくなっていいんだよ。俺はお前に飽きることなんかないし、お前しか愛さない」

「でも……っ！」

「瑠佳は俺に浮気してもらいたいのか？」

「そうじゃないんだけど……」

「じゃあなんだ？　お前が、俺以外の誰かを愛せなくなることが怖いのか？」

真っ直ぐ見つめられて、言葉の意味を理解した。

「ち、違うよ！　だって僕は隼人さんしか好きにならないし！」

「だったらなんの問題もないだろう？　俺はお前しか愛さない。お前も俺しか愛さない。問題解決じゃねぇか」

「うん、そうだね……」

今までずっと渦巻いていた不安が、彼の言葉ですっと消えていく。

こんなことだったら、もっと早くに相談しておけばよかった。

自分の不安を彼に話しておけばよかった。

「ほら、鍵を外すぞ」

ベッドサイドテーブルにしまわれていた金色の鍵を、彼は取り出した。

それは秋廣の体内から出てきた鍵。

自分と三峯が結ばれないよう、彼が最後に『呪い』をかけた鍵……。

でも、その『呪い』に打ち勝つために、自分たちは幸せになるのだ。

相手を想い、そして想われて。

瑠佳の赤い首輪に手を遣ると、三峯はバックル部分の鍵穴に鍵をさした。

大きく心臓が鳴ったのと同じタイミングで、鍵はカチャッと小さな音を立てて外れた。

するりと首から解かれて、瑠佳の両手の上に載せられる。

「なんか……思ってたよりもずっと軽かったんだなぁ。この首輪」

瑠佳の呟きを、三峯は黙って聞いていた。

「もっと幅も広くて、長くって。重たく感じていたのに……。こんな華奢な首輪だったなんて」

「お前の心を拘束し続けていたから、より重く感じたんじゃないか？」

「そうかも」

苦笑すると強く抱き締められた。

その衝撃で首輪が床に落ちる。

ベッドに押し倒されて、三峯の端整な顔が迫ってきた。目を閉じると優しくキスをされ、
それは啄み合いながら、どんどん深いものへと変わっていく。

「んっ……」

舌が挿入されて、瑠佳はそれに吸いついた。

すると強く腰を抱かれて、彼の昂《たかぶ》った熱を太腿に押しつけられる。

「隼人さん……」

もう一つ心に決めていたことを実行しようと、三峯の身体を押しやった。

「なんだ？」

不満そうな表情を見せたが、彼は次の言葉に目を見開く。

「あのね、隼人さんのそれを……口で愛したいんだけど？」

スウェットの上から、すでに硬く張り詰めているものを指で辿る。

すると三峯は躊躇うことなくスウェットを下ろしてくれた。

弾けるようにしてまろび出た性器に、瑠佳はごくんと唾を飲み込んだ。

いつ見ても彼のペニスは大きくて長い。

アルファの特徴とはいえ、彼より一回り以上身体が小さい自分の中に、よく納まるものだと思う。

しかし瑠佳は気合を入れると、雄の匂いを放つ屹立に唇を寄せた。

熱く脈打つペニスを口にするのは初めてだ。

これまでそういうことを強要されたこともなかったし、いつの間にか一方的に気持ちよくさせられて、行為は終わっていた。

しかし自分たちは番になったのだからと、瑠佳も積極的な態度を示そうと決めていたのだ。結婚して初めての夜には、彼の熱を口で愛そうと。

初めて口内に含んだ屹立は力強く脈打ち、透明な先走りを滴らせていた。少ししょっぱい独特の味がする雫を掬うように、先端を舐める。

するとさらに雄は硬くなり、角度を持った。

いつも彼がしてくれることを思い出しながら、必死に舌を這わせ、瑠佳は唇を使って肉塊を吸い上げる。

「上手だ、瑠佳。本当に初めてか？」

からかうように訊ねられ、頬を膨らませて彼を見上げた。

「そんなの、隼人さんが一番よく知ってるじゃん！」

「だな」

梳《す》くように髪を撫でられて、再び行為を再開させる。

嵩《かさ》の張った亀頭を丁寧に舐め回し、陰毛が生えた根元からつーっと茎の部分を舌で辿った。

ぴちゃっぴちゃと淫音をさせながら必死に愛していると、彼の息が上がってくる。

それに呼応するように、瑠佳は自分のペニスが硬くなっていくのを感じた。

「は……んんっ」

興奮して、息が荒くなる。

口角から唾液が漏れることも気にせず、瑠佳は彼を愛した。

ムスクのような三峯の性フェロモンが一際強くなって、内側から自分を煽《あお》ってくるようだ。

「もういいぞ、瑠佳。パジャマを脱いでこっちに来い」

優しく頬を撫でられて、瑠佳は濡れた唇を手で拭いながら身体を起こした。

羞恥から、顔を逸《そ》らせてパジャマのボタンを外す。

するとズボンと下着を一気に下ろされて、あっという間に組み敷かれた。

「隼人さ……っ」

名前を呼ぶより先に口づけられ、口内を探られる。

深く深く舌を差し入れられて、応えるように彼の舌を絡めとった。

大きな三峯の手は、瑠佳の熱をとらえて優しく上下する。

それと同時に鎖骨を滑り下りた唇が、胸の頂を含んだ。

「ひゃ！　……あぁ、んん」

身体が撓り、もっとしてほしいと言わんばかりに胸を突き出す。

しなやかな肢体が弓形になり、足も自然と大きく開く。

彼に愛されることに慣れた身体は、巧みな手技や口淫で、いともたやすく三峯の思い通りになってしまった。

ペニスを口に含まれて、身体が跳ねる。

自分が施した拙い愛撫《あいぶ》とは、比べものにならない快感が全身を襲う。

「あぁ、やだぁ……隼人、さん……」

頭を振って強い快感に耐えた。

溢れ出た先走りを吸い上げられて、その淫音に目元を覆う。

何度されても慣れることのないこの恥ずかしさは、いつか消える時がくるのだろうか？

その後も散々尖った乳首や乳輪、臍や陰茎を愛されて、グズグズと瑠佳は蕩けていく。

「ひっ……あぁっ」

節の張った長い指を後孔に挿入されて、目を見開いた。

二本の指で隘路を広げられて、会陰をとろりと蜜が伝う。

最初は浅いところを擦られ、前立腺を刺激された。

そして次第に奥まで指を突き入れられて、柔襞を撫でられる。

「ふ……んんっ……あんっ」

襞はやがて充血し、甘く重たい快楽を導き出した。

腰が自然と揺らめく。

指の抽挿も激しくなり、浮かせた腰が前後に動いた。

「やだっ……も、や……っ」

グシュグシュとしたいやらしい音が寝室に響き渡り、瑠佳は眦《まなじり》に涙を溜めた。

濡れそぼった乳首も痛いほどに立ち上がり、熱塊は腰の動きに合わせてフルフルと揺れる。

「そろそろ俺が欲しくなってきたか？」

意地悪く口角を上げた三峯に問われ、瑠佳は何度も頷いた。

余裕の表情を浮かべていても、彼の額にはうっすらと汗が浮かんでいる。

三峯もまた、瑠佳が欲しくて堪らないのだ。

いつものように膝裏に手を入れられ、正面から受け入れさせられるのだと思っていたが、今日は身体をくるりと裏返された。

「な、何？」

驚いて彼を振り返れば、四つん這いの瑠佳の腰を、彼が両手で固定する。

「あぁっ！　やぁ……っ！」

突き出した尻《しり》の間に、三峯が深く沈められていった。

「あん、あぁ……あぁ……んっ」

背後から責められるなんて初めての経験で、いつもとは違う快感にぞくぞくと背筋が痺れる。

愛液で濡れた三峯の肉塊は、瑠佳の華奢な身体を穿ち、確かな快楽を与えていく。

「あぁ、あ……は、隼人……さ……」

喘ぎの切れ間に名前を呼ぶと、背中に口づけられた。

肉がぶつかり合う音が大きくなり、絶頂もちらつき出す。

昂りきって痛いほどのペニスがシーツに擦れ、さらなる快感を生み出した。

「やだ……やだぁ……隼人、さん……もういっちゃう……っ」

果てが近いことを訴えると、彼の動きはさらに激しさを増した。

「あっ……あぁ……んんっ」

四肢が小さく痙攣しだし、後孔がきゅうっと締まる。

快感に身体が硬直し、解放を訴えて絶頂への階段を登り始めた。

「あっ！　あぁ……あぁぁあん」

喉を反らせて、精を放った時だった。

項《うなじ》にガリッと音を立てて、三峯に嚙みつかれた。

びりりとした痛みが走ったが、それすらも今は恍惚《こうこつ》でしかない。

きっと血が滴ったのだろう。

べろりと彼に舐め上げられたのと同時に、最奥で彼が果てたのを感じた。

今はピルを飲んでいるので妊娠することはないが、それでも彼の精を体内に受け入れると、言葉にはできない感動を憶える。

自分は彼に愛され、求められているのだと強く感じる。

今、永遠の印を項に刻まれたように、最奥にも、彼の刻印が刻まれていくのだ。


「なんか、あっけなかったですね」

「何が？」

「んー……番に首筋を嚙まれたら、もっと身体が過剰反応するのかなぁって思ってたんですけど。特に変化がない」

彼の腕の中で、瑠佳は感想を口にした。

「そうか？　俺はお前の変化を感じてるけどな」

「たとえば？」

「性フェロモンの匂いが変わった」

「本当に？」

「あぁ、さっきまではただ甘いだけだったのに、今はもっと華やかさが混じってる。人妻になって色気が増したんだろうな」

「人妻って……」

三峯の言葉が恥ずかしくて、彼の胸に額を擦りつけた。

「違うのか？」

「違わ……ないですけど。でも、なんか照れ臭い……」

「今さら照れてどうすんだよ」

肩を揺らして笑った彼に、強く抱き締められた。

「けっこう強く噛んじまったんだが、項は痛くないか？」

「大丈夫です。ちょっとひりひりするけど、きっと二、三日もしたら気にならなくなると思う」

「それはよかった」

額に唇を落とされ、瑠佳の胸は切なくなるほど幸せを感じた。

自分たちがここまで来るのに、多くの犠牲を払ってきた。

秋廣の嫉妬、ルフュージュに隔てられた六年の空白。すれ違いの日々。そして父親の死と、秋廣の自殺……。

思い出せば思い出すほど、自分たちに嵌められた枷《かせ》は重い。

しかし、だからこそ幸せにならなければいけないと思った。

父親の分も。あの日、廃校の屋上から天へと舞っていった秋廣のためにも。

自分たちが幸せになって、彼らの分も生きなければならない。

それがこれからの……番となった自分たちの新たな枷なのだ。

「好きだよ、隼人さん。永遠にあなたの傍にいるから」

「愛してるよ、瑠佳。どんなに嫌だって言っても、もうお前を離さないから。覚悟しとけよ」

「大丈夫。隼人さんのしつこさはよく知ってるから」

彼は十年もの間、自分だけを想い続けてくれた。

だからその執愛はよくわかっている。

そしてまた、彼への強い愛も自覚している。

きっと想いだけでは、彼に負けないだろう。

見つめられて、唇を奪われた。

彼の頭に腕を回し、自らキスを深くする。

愛し合う二人は永遠が見えていた。

その姿を、角が欠けてしまったプリズムが温かく見守っている。

二人の将来を暗示するように、七色の明るい光を部屋いっぱいに放ちながら。

世界で一番の宝物

彼女が生まれた日を、瑠佳《るか》も三峯《みつみね》も一生忘れないだろう。

「すっげぇ美人な赤ん坊だな。生まれた時から完璧《かんぺき》すぎねぇ？　さすがアルファの子はベータやオメガと違うな！」

出産祝いの花束を持って見舞いに来てくれたカノンは、新生児室のガラス越しに彼女を見て、えらく感心していた。

「でも、瑠佳にそっくりだろう？」

父親になったばかりの三峯は、すでに娘にメロメロだ。瑠佳の隣で目を細め、すやすやと眠る我が子を見つめていた。

「確かに。あんたみたいにいかつい顔にならなくてよかったよ。で、名前は？　ちょー悩んでたじゃん」

「『絵麻《えま》』にしたんだ」

瑠佳の言葉に、カノンはヒューと口笛を吹いた。

「いい名前！　三峯がつけたの？」

「いや、瑠佳と一緒に考えた。『一枚の絵画のように、彩り多き人生になるように』ってな」

「へぇ、ますますいい名前」

眩《まぶ》しいものでも見るように目を眇《すが》めたカノンは、優しい笑みを浮かべて、再び彼女を……絵麻を見たのだった。

＊＊＊

両親の愛情をたっぷりと受けて育った絵麻は、今年三歳になった。

「……おとーしゃま、おかーしゃま。おはよーございましゅ」

「おはよう絵麻。偉いね、今日も一人で起きることができたのかい？」

腰まであるサラサラの黒髪に寝癖をつけ、眠たそうに瞼《まぶた》を擦《こす》る娘に、瑠佳は台所から声をかけた。

「おはよう絵麻、顔を洗いに行くか？」

ダイニングテーブルでタブレットを開き、ニュースを読んでいた三峯は当たり前のように席を立った。

それにストップをかけたのは、絵麻の方だった。

「大丈夫でしゅ、おとーしゃま。絵麻はもう三しゃいになりました。自分のことは自分でできましゅ」

両腰に手を当て、花柄のパジャマを着たまま胸を張った彼女は、最近一人で顔を洗うことを覚えたのだ。

「わかったよ。そこら中びしょびしょにするなよ？」

「あーい！」

お気に入りの横ピースのポーズをとると、絵麻はぶきっちょながらウィンクをした。

表情こそ変わらなかったが、三峯が愛娘《まなむすめ》の横ピース姿にキュンキュンしていることを、妻である瑠佳は見抜いていた。

そうして絵麻が楽しそうに洗面所へ消えていくと、瑠佳はハムとチーズのホットサンドと、アボカドとトマトのサラダを作り出した。

「隼人《はやと》さん、鼻の下がまだ伸びてる」

「そうか？」

しれっとポーカーフェイスを決めた彼だが、再びタブレットを開きながらも、鼻歌交じりに洗面所で顔を洗っている娘が、気になって仕方ないようだ。

「そんなに気になるなら、見に行けばいいのに」

苦笑すると、しごく真面目《まじめ》な顔で三峯は言った。

「絵麻の独立心を育てるためにも、ここは見に行ってはいけないんだ」

「またそんなこと言って。本当は『おとうしゃま、邪魔！　あっち行って～』って言われるのが嫌なだけでしょ？」

「………」

何も言わずにニュースを読み出したところを見ると、どうやら図星だったらしい。

瑠佳は堪《こら》えられず吹き出すと、人数分のヨーグルトに手製のいちごジャムを落とした。

すると洗面所から「おかーしゃま～……」という情けない声がして、瑠佳は慌てて彼女のもとへと走った。

「あーあ……」

きっと絵麻は、彼女なりに頑張ったのだろう。

いや、頑張ったに違いない。

彼女は努力を惜しまない性格をしているのだ。

だから瑠佳は、目の前に広がった惨状にも怒らずに笑顔を向けた。

「お顔は上手に洗えた？」

「……うん、お顔は洗えたの。だからね、いつもおかーしゃまがしてくれるみたいに、髪もお水で濡《ぬ》らして真っ直《す》ぐにして、お顔にもクリームを塗ろうと思ったの……」

「そっか。絵麻は頑張ったんだね？　でも、ちょっとだけ失敗しちゃったんだ」

「うん……」

洗面所の床は、まるでバケツの水をひっくり返したかのように濡れていた。彼女の髪も洗髪したてのように濡れ、顔にはところどころ白いフェイスクリームがついている。

「絵麻、髪を拭《ふ》きなさい。そうしたらぞうきんを持ってきて。風邪《かぜ》をひいちゃうから」

「……あーい」

きっと自分は完璧に洗顔のみならず、寝癖を取ることもできると思ったのだろう。すっかりしょぼくれてしまった絵麻を、瑠佳は笑顔で励ます。

「いいんだよ、綺麗《きれい》にお顔が洗えたんだから。床は拭けばいいだけだし、髪はそのうち乾く。クリームはおとうしゃまに塗ってもらいなさい。おかあしゃまは、床を拭いたらそっちへ行くから」

「あーい」

タオルを頭に被《かぶ》り、とぼとぼとリビングへ戻る彼女の小さな背中を、瑠佳は苦笑しながら見送った。

(子育てって、難しいな……)

瑠佳はいつも考えていることを、改めて思った。

独立心を育てながらも、まだできないことがたくさんある彼女の自尊心も守りつつ、それでも失敗を恐れずに、次へと繋《つな》げていく力を養いたい……。

「ほんと、僕の子育てって合ってるのかな？」

答えなど簡単には出ない問答に、瑠佳は何度ついたかわからないため息をついた。

するとリビングから三峯の笑いと、絵麻の弾んだ声が聞こえてきて、ほっと胸を撫《な》で下ろす。

子育てに答えなどない。

けれど今は、二人の楽しそうな笑い声が聞けるだけで、瑠佳は幸せだった。

「おとうしゃまとおかあしゃまは、『うんめいのつがい』だったのよね？」

「突然どうしたの？」

園の制服であるタータンチェックのワンピースを着て、水色のスモックを上から羽織った絵麻は、黄色い鞄《かばん》のチャックを弄《いじ》りながら瑠佳に訊《たず》ねた。

家から歩いて五分。公立の幼稚園が少ない地域に住んでいるので、絵麻は私立の幼稚園に通っていた。

別に『お受験』など考えてはいないのだが、周りにそういう意識を持った母親や父親が多くいるので、それもまた瑠佳の悩みの一つだった。

小さな手を繋ぎ、毎朝通う通園路を歩き、瑠佳は彼女の顔を覗《のぞ》き込んだ。

すると、ふくふくのほっぺの先に、赤く尖《とが》った小さな唇が見える。

「あのね……絵麻は同じクラスの流星《りゅうせい》くんが、『うんめいのつがい』だと思っているの。なのに千沙《ちさ》ちゃんは『ちがう』っていうんだよ。流星くんの『うんめいのつがい』は千沙ちゃんだって」

「そうなんだ」

最近の子はませてるなぁ……と心の中だけで冷や汗を流しながら、瑠佳は笑顔を浮かべた。

「おかあしゃまは、おとうしゃまと初めて会った時、どんな感じだったの？『うんめいのつがい』だってすぐにわかったの？」

「そうだねぇ」

瑠佳は桜吹雪《さくらふぶき》の中、十二歳だった自分を見つけてくれた三峯を思い出した。

『お前……』

その時の三峯の瞳《ひとみ》は輝き、思慕と驚きに潤んでいた。

きっと自分の瞳も、同じように潤んでいたに違いない。

アルファとオメガである自分たちが、惹《ひ》かれ合った互いの香り――。

それは、魂の香りと言ってもよかったかもしれない。

「おかあしゃま？」

しばし思い出に耽《ふけ》ってしまった瑠佳は、不思議そうな顔をした絵麻に呼ばれて、現実に引き戻された。

「『運命の番』に会うとね、一瞬で『この人と結婚するんだ』ってわかるんだよ。絵麻も流星くんに初めて会った時、結婚するって思った？」

「ううん。絵麻、最初は悠翔《ゆうと》くんが好きだったの。だから悠翔くんが『うんめいのつがい』だと思ったんだけど、ちがくて、やっぱり流星くんの方がかっこいいから『うんめいのつがい』だって思ったの」

「じゃあ、違うなぁ。流星くんも悠翔くんも、絵麻の『運命の番』ではないよ」

「そうなの？」

「そう、『運命の番』に出会うと、もう好きで好きで、その人以外は見えなくなるんだ。それぐらいその人だけが大好きになるんだよ」

「そっかー……」

納得したのか。絵麻は急に顔を上げると鼻歌を歌い出した。きっと次に出会う『うんめいのつがい』のことでも考え出したのだろう。

（さすがに、幼稚園児で性フェロモンの匂《にお》いがするとは思えないし。最近の子は『運命の番』って言葉を簡単に使うなぁ）

今年二十八歳になった瑠佳は、年寄り染みたことを思ったが、園に着く頃には絵麻と一緒に歌を歌っていた。

「いってらっしゃい」

「いってきまーす」

園門で先生に預けて彼女と離れる時は、いつも小さな寂しさを感じる。

けれどもほっとする自分もいる。今日もこうして元気に登園することができた、と。


この日の夜。絵麻が眠ってから、瑠佳は今日聞いた『うんめいのつがい』の話を三峯にした。

「最近の子はませてんな」

自分と同じ感想を口にした夫に、思わず口に含んでいた抹茶ラテを吹き出しそうになった。笑いがこみ上げてきたのだ。

「本当だよね。僕も隼人さんと出会ったのはかなり早い方だったけど。でも幼稚園で『運命の番』とか……」

「っていうか、絵麻に『運命の番』が現れても、そうそう簡単に渡したりしないけどな」

「おとうしゃま、目が本気すぎて笑えないから」

もともと鋭い瞳が一切笑っていないのを見て、また瑠佳は吹き出しそうになった。

こうして二人でソファーに座り、その日一日何があったか話し合う時間は、瑠佳にとって至福の時だ。

当然のように肩を抱かれ、つねに忙しい三峯が自分と話をするためだけに、時間を作ってくれる。

子育ての相談だってするし、他愛《たわい》もない話もする。

キスを求められ、そのまま身体を繋げる時もあれば、あまりにも疲れてソファーで意識を失うこともある。目が覚めたらベッドの上……ということが何度かあった。

子育ては想像していた以上に大変だったけれど、それでも瑠佳は幸せだ。

自分の命よりも大切な人と、その人との間に生まれた宝物の娘。癖の強い人もいるけれど、ママ友付き合いもご近所付き合いも順調だし、パートタイムとなった弁護士事務所の仕事も相変わらず楽しい。

カノンももうすぐ長く付き合っている恋人と結婚をするそうだし、嬉《うれ》しいことは続いて、三峯の妹も来月結婚式を挙げる。

「……幸せだよね」

「ん？　そうだな。お前が幸せなら、俺も幸せだ」

額に口づけられて、瑠佳は素直に瞼を閉じた。

三峯と出会った時は、こんな幸せが自分を待っているとは思っていなかった。

しかし今、瑠佳は確かに世界で一番幸せだった。
たくさんの障害を乗り越えた今、瑠佳は本物の幸福を手に入れたのだ。

あとがき

初めまして、柚月美慧と申します。この度は、拙作『恋獄の枷―オメガは愛蜜に濡れて―』をお手に取っていただき、誠にありがとうございます。この作品は一年半ほど前、エクレア文庫より電子書籍として発売されたものに、加筆修正を入れたお話になります。執筆したのはもう二年も前になるので、拙い点が多々あり、恥ずかしい気持ちで修正いたしました（笑）。さらにパワーアップした『恋獄の枷―オメガは愛蜜に濡れて―』を、少しでも楽しんでいただければ幸いです。

また、素敵なイラストを描いてくださった緒田涼歌先生。緒田先生のおかげで、キャラクターがさらに生き生きとしたと思います。ありがとうございます。そして今作が出来上がるまで携わってくださった、担当様はじめ多くの方々に感謝いたします。

最後に、この作品を読んでくださった皆様に胸いっぱい愛を。本当にありがとうございました。

柚月美慧

恋獄の枷―オメガは愛蜜に濡れて―：電子書籍（エクレア文庫）に加筆修正
世界で一番の宝物：書き下ろし

ラルーナ文庫

この本を読んでのご意見・ご感想・ファンレターなどお待ちしております。〒111-0036 東京都台東区松が谷1-4-6-303 株式会社シーラボ「ラルーナ文庫編集部」気付でお送りください。

恋獄《れんごく》の枷《かせ》 —オメガは愛蜜《あいみつ》に濡《ぬ》れて—

2019年4月7日　第1刷発行

著　　者｜柚月《ゆづき》 美慧《みさと》
装丁・DTP｜萩原 七唱
発 行 人｜曺 仁警
発 行 所｜株式会社 シーラボ
〒111-0036　東京都台東区松が谷 1-4-6-303
電話　03-5830-3474／FAX　03-5830-3574
http://lalunabunko.com
発　　売｜株式会社 三交社
〒110-0016　東京都台東区台東 4-20-9　大仙柴田ビル 2 階
電話　03-5826-4424／FAX　03-5826-4425
印刷・製本｜中央精版印刷株式会社

ISBN978-4-8155-3209-3